Gerhard Appelshäuser

Auch der Tod arbeitet im Weinberg

Kriminalroman

AAVAA VERLAG

1. Auflage 2017

Umschlaggestaltung: AAVAA Verlag
Coverbild: fotolia: vignoble Datei: 1028879, Urheber: Jacques PALUT

Printed in Germany

Taschenbuch:	ISBN 978-3-8459-2286-7
Großdruck:	ISBN 978-3-8459-2287-4
eBook epub:	ISBN 978-3-8459-2288-1
eBook PDF:	ISBN 978-3-8459-2289-8
Sonderdruck	Mini-Buch ohne ISBN

AAVAA Verlag, Hohen Neuendorf, bei Berlin
www.aavaa-verlag.com

13. April 1945

Es war kurz nach sechs Uhr. Die ersten Sonnenstrahlen tasteten sich vorsichtig über die Hügel des Kamptals. Sie spiegelten sich am fast wolkenlosen Himmel. Alles versprach, ein schöner Tag zu werden. Die drei Soldaten stiegen gerade in ihren kleinen Lastwagen der Marke Opel Blitz, als das Weinberghäuschen hinter ihnen in die Luft flog. Noch ehe sie den Wagen starten konnten, traf die zweite Panzergranate den Laster. Unter der Wucht der Detonation hob sich das Auto fast einen Meter in die Luft und flog als brennender Schrotthaufen in die Rebzeilen. Danach war es wieder so still wie vorher.

Der russische Panzer, der die beiden Granaten abgeschossen hatte, stand auf der Straße, die von Krems nach Gföhl führt. Er war der erste einer ganzen Kolonne, die in der Nacht unbemerkt auf einer Pontonbrücke die Donau überquert hatten. Wenn sich die aufgehende Sonne nicht kurz in der Frontscheibe des Opels gespiegelt hätte, wäre er davon gekommen. Nach den Einschlägen lösten sich zwei Panzer aus der Kolonne und pflügten auf direktem Weg durch die Weingärten in Richtung des noch immer brennenden Wagens. Dort angekommen sprangen ein paar Russen von den Panzern und sicherten die Umgebung.

Sie fanden neben den Trümmern des Weinberghauses vier ausgemergelte tote Männer in schwarz weiß gestreifter Kleidung, barfuß. Die Russen hatten diese Uniform noch nie gesehen. Die Männer waren mit Genickschüssen liquidiert worden, das konnten sie trotz des durch den Beschuss angerichteten Schadens erkennen. Von den Soldaten im Wagen fanden sie nicht viel, außer einigen zerfetzten und brennenden Körpern. An solche Anblicke waren sie in den letzten Jahren gewöhnt und sie wussten, keiner hatte den Beschuss überlebt.

Als die letzten Russen von ihrem Sicherungsstreifzug zurückgekommen waren, kein weiterer Schuss war gefallen, zündeten sie sich Zigaretten an, rauchten in aller Ruhe und unterhielten sich, immer in Deckung ihrer Panzer bleibend. Nach ein paar Minuten saßen sie wieder auf und die Panzer preschten erneut durch die Weinberge in Richtung Straße, dorthin, von wo sie eine halbe Stunde vorher gekommen waren. Sie verschwanden nach einer weiteren viertel Stunde hinter dem Horizont. Es war wieder ruhig in den Weingärten von Lengenfeld. Nur die Vögel zwitscherten und es sah aus, als wäre der Frieden ausgebrochen.

65 Jahre später auf dem Friedhof in Lengenfeld

Es war wieder April, aber mehr als ein halbes Jahrhundert später, als sie den alten Koarl zu seiner letzten Ruhestätte trugen. Es war eine große Leiche. Den Koarl kannten alle im Dorf seit seiner Geburt vor siebzig Jahren. Er starb nicht im Bett. Das hatte er mehr als den Tod selbst gefürchtet.

„Ein Weinhauer, der was auf sich hält, stirbt entweder in seinem Keller neben den Fassln oder im Weingarten". Das hatte er allen erzählt, die ihn kannten. Deshalb hat es auch keinen gewundert, dass man ihn nach zwei Tagen tot zwischen den Rebzeilen fand. In der rechten Hand hielt er noch krampfhaft die Rebschere, mit der er seine Reben von den langen Trieben des Vorjahrs befreit hatte. Der Tod hatte ihn mitten aus der Arbeit gerissen.

Die alte Polin, die ihm schon seit Jahren den Haushalt führte, war am Abend davor zur Polizei gegangen und hatte in ihrem holprigen Deutsch erklärt, der Herr sei nicht heimgekommen aus seinem Weinberg. In welchen seiner vielen Gärten er gegangen war, wusste sie nicht, ihr Deutsch war noch immer zu schlecht für kompliziertere Sachverhalte, obwohl sie jetzt schon fast fünfzehn Jahre im Hause von Koarl wohnte. Aber woher hätte sie es auch lernen sollen. Koarl sprach nur dann mit ihr, wenn er etwas wollte und das kam in den letzten Jahren immer seltener vor, weil sie inzwischen wusste, was er wollte, ohne dass deshalb noch Worte hätten gewechselt werden müssen.

Die beiden Dorfpolizisten beruhigten sie. Koarl sei sicher noch bei einem seiner zahlreichen Bekannten eingekehrt und versumpft. Wenn er bis morgen früh nicht zurück sein sollte, wollten sie ihn suchen. Gefunden haben sie ihn am nächsten Tag. Er lag auf dem Bauch zwischen zwei Rebzeilen, das Gesicht in die Erde gepresst und die linke Hand in den Boden gekrallt. Sein Hut war ein paar Meter fortgerollt. Der herbeigerufene Dorfarzt meinte:

„Also für mich sieht´s nach einem Herzinfarkt aus."

Die beiden Polizisten sahen ihn erwartungsvoll an. Er hatte den Eindruck, sie zweifelten an seiner Diagnose. Deshalb begann er, zu dozieren:

„Schauen Sie, meine Herren, der Infarkt hat sich durch einen plötzlichen starken Schmerz in der Brustgegend angekündigt. Zu sehen ist das an seinem verzerrten Gesicht. Er krümmt sich vor Schmerzen, geht noch ein paar Schritte und bricht dann in die Knie und fällt auf den Bauch."

„Und sein Hut rollt ihm davon", ergänzte der jüngere der Polizisten.

„Genau so war es", sagte der Arzt. „Also ich stell dann den Totenschein auf Herzversagen aus".

Die beiden Polizisten nickten und der Ältere rief den Leichenbestatter, damit er den Leichnam abtransportieren konnte. Inzwischen waren einige Dorfbewohner, die sich an der Suche beteiligt hatten, beim Toten eingetroffen und einer hatte die alte Polin mitgebracht. Als sie ihren Herrn so da liegen sah, stimmte sie in ein Wehklagen ein, das die Stille des Ortes durchbrach, schlug die Hände über dem Kopf zusammen und presste dann die Handflächen gegen ihr Gesicht. Niemand verstand, was sie sagte, denn keiner sprach polnisch. Aber alle nahmen an, das hätte schon seine Richtigkeit und sei gottgefällig, denn die Alte besuchte sonntags immer die Messe und fehlte selbst dann nicht, wenn sie eigentlich krank war.

Etwas mehr als eine Woche später begrub das Dorf den Koarl. Er hatte keine Kinder und seine nächsten Angehörigen waren ein Neffe, der im fernen Köln wohnte und die Frau vom Oberst Stranzl, einem Beamten beim LKA in St. Pölten. Sie war die Einzige, die sich von Zeit zu Zeit um den kauzigen Koarl gekümmert hatte, soweit er das zuließ und oft hatte er es nicht zugelassen. Jedenfalls konnte er ihr jetzt nicht mehr in die Beerdigung hineinreden. Sie sorgte dafür, dass alle Vereine in Lengenfeld bei der Grablegung aufmarschierten. Die Feuerwehrkapelle spielte einen elegischen Trauermarsch, bei dem sein alter Spezi, sein Nachbar, dachte, wenn Koarl diese Katzenmusik hören könnte, würde er auf seine alten Tage noch aus dem Sarg springen. Getragen wurde er von den Jungwinzern und dahinter wippte die letztjährige Weinkönigin in einem zu kurzen Kleid auf ihren High Heels über den Asphalt. Das wiederum hätte Koarls altes Herz erfreut, dachte sein Spezi.

Die Trauerpredigt von Hochwürden wurde dem hohen Ansehen, das Koarl in der Gemeinde genoss, gerecht. Es war nur Gutes, was er sagte, ein gottesfürchtiger Mann, auch wenn er nur selten in die Kirche und nie zur Beichte ging, wie sich der Gottesmann in seiner Rede nicht verkneifen konnte. Wahrscheinlich wagte er keine null acht fünfzehn Predigt zu halten, der Bürgermeister hätte ihm sonst nicht die dringend notwendige Sanierung seiner Wohnung bezahlt. Viele Honoratioren hielten kürzere oder längere Ansprachen und lobten den Verblichenen. Selbst die alte Polin, die das Meiste nicht verstand, aber sehr wohl merkte, wie alle nur Gutes über den Alten sagten, dachte, ihr hättet ihn mal erleben müssen, was für ein hartherziger Tyrann er zu Hause war. Aber vielleicht, dachte sie, spekulieren ja alle auf sein hinterlassenes Vermögen, auf das auch sie scharf war. Reich war er, der Koarl. Er besaß viel Land und sein Wein war gut und erlöste hohe Preise.

Drei Wochen nach der Beerdigung trafen sich die einzigen Verwandten, gemeinsam mit dem Bürgermeister und dem Nachbarn, Koarls Spezi, bei Notar in Krems. Frau Stranzl wunderte sich, was der Bürgermeister und der Nachbar hier wollten, denn soweit sie wusste, war kein Testament gefunden worden. Ihr Mann hatte sie aufgeklärt, was sie bei der Nachlasseröffnung zu erwarten hatte. Da kein Testament gefunden oder hinterlegt worden war, würde das Erbe unter den beiden Verwandten aufgeteilt werden. Er hatte ihr geraten, die alte Polin mit einem ordentlichen Geldbetrag abzufinden, das wäre fair, auch wenn Koarl keine diesbezügliche Verfügung hinterlassen hatte und würde üblen Nachreden vorbeugen. Ansonsten solle sie das Erbe unter Vorbehalt annehmen, bis klar sei, wie hoch eventuell vorhandene Schulden wären. Selbst bei einem erfolgreichen Weinhauer sei damit zu rechnen.

Wie erwartet, es gab kein Testament. Vermutlich hatte Koarl nicht mit seinem plötzlichen Tod gerechnet oder es war ihm egal, was mit seinem Besitz passierte.

So äußerte sich der Neffe, aber er kannte seinen Onkel kaum.

„Das glaube ich nicht", entgegnete Elvira Stranzl, "unserem Onkel war es nicht egal, was mit seinen Weingärten passierte. Als ich ihn das letzte Mal besuchte, bat er mich inständig, dafür zu sorgen, dass seine Gärten erhalten bleiben und in guten Händen landen."

„Du willst doch den Hof nicht selbst bewirtschaften?", fragte der Neffe.

„Nein, von Weinbau verstehe ich nun wirklich nichts. Aber wie ist es mit dir? Hast du keine Lust nach Lengenfeld zurückzukommen?"

„Ich denke nicht daran."

„Aber was machen wir dann mit all den Gärten und dem Hof?"

„Verkaufen! Richtig schön Kohle machen und dann tschüss!"

Elvira schüttelte den Kopf. Sie wollte reagieren, aber der Notar eröffnete die Verhandlung und erbat sich mit einer entsprechenden Handbewegung Ruhe.

„Also ein Testament scheint es nicht zu geben. Weder bei Gericht noch bei mir ist eines hinterlegt. Im Haus haben wir auch keines gefunden. Ich habe danach mithilfe seiner Haushälterin suchen lassen. Deshalb wird der Besitz zwischen den beiden Erben aufgeteilt. Wissen Sie schon, ob Sie das Erbe annehmen?"

„Natürlich", entgegnete der Neffe sofort. „Ich wüsste auch schon einen Käufer". Dabei zeigte er auf Koarls Nachbarn Josef, der sofort nickte. Elvira schwieg.

„Moment, so geht das aber nicht", bremste ihn der Notar ein. „Erstens sind Sie zwei Erben. Sie müssen sich schon einigen. Und zweitens können Sie nicht schon das Erbe verkaufen, wenn Sie es noch gar nicht besitzen".

Der Neffe schaut etwas verdutzt drein und dann auf Elvira.

„Du bist doch damit einverstanden?"

„Nein", sagte sie. „Ich nehme das Erbe unter Vorbehalt an. Erst will ich wissen, wer Ansprüche an Koarl hat, wie hoch allfällige Schulden sind. Sollte das alles für mich zufriedenstellend ausfallen, können wir über den Verkauf oder die Verpachtung der Weingärten reden. Der Hof und die Gebäude bleiben im Besitz der Familie."

„Vernünftige Entscheidung", mischte sich der Bürgermeister ein. „Die Gemeinde ist auch daran interessiert, dass Koarls Besitz im Gemeindeverbund bleibt."

„Heißt das, die Gemeinde will den gesamten Krempel kaufen?", fragte der Neffe.

„Nein, wir sind nur nicht daran interessiert, dass Fremde den Besitz übernehmen."

„Und wenn ich mit all dem nicht einverstanden bin?", fragte der Neffe den Notar.

„Dann können Sie, nach einer bestimmten Frist, die Zwangsvollstreckung in den Nachlass fordern. Nur nach meiner bescheidenen Meinung erlösen Sie dann einen Bruchteil dessen, was eine einvernehmliche Lösung bringen würde."

Der Neffe schaute den Nachbarn an, hob die Schultern und murmelte „da kann man nix machen, da must halt warten, Josef".

Vier Wochen später meldete sich das Nachlassgericht mit einem amtlichen Schreiben. Weil kein Testament gefunden worden war, niemand von Koarl ein Geld begehrt hatte, der Besitz also Schulden frei war, könnten die Erben, der Neffe und seine Cousine, jetzt über das Erbe verfügen. Gleich drauf meldete sich auch der Nachbar Josef bei Elvira Stranzl. Er sei sich mit dem Neffen einig, dass er die Weingärten kaufen wolle. Er nannte auch einen ordentlichen Preis und versprach zusätzlich, das Gehöft kostenfrei in Ordnung zu halten. An den Gebäuden sei er nicht interessiert. Ihr Mann Anton meinte, sie könne sich darauf einlassen und so wurden Koarls Weingärten ein halbes Jahr später von Josef übernommen. Dem polnischen Faktotum zahlte Elvira Stranzl aus ihrem Anteil 15.000 Euro, damit sie ihren Patron auch nach dessen Tod in guter Erinnerung behalten sollte. Der geizige Neffe lebte schon zu lange in Deutschland, um dafür noch Verständnis geschweige denn Geld übrig zu haben. Obendrein bot ihr Elvira an, solange sie wolle, im Haus wohnen zu bleiben. Das war nicht ganz ohne Hintergedanken. So passte jemand auf den Hof auf und verdiente sich noch ein kleines Taschengeld.

Josef, 15. November 2010

Koarls alter Besitz schien unter keinem guten Stern zu stehen. An einem kalten Novembertag des gleichen Jahres kam Josef nicht nach Hause. Er wollte am späten Vormittag noch einmal im Weinkeller nach dem neuen Wein schauen. Es war der erste Jahrgang, den sie von Koarls alten Gärten geerntet hatten. Der neue Wein rauschte schon kräftig in den Tanks und in den Fässern. Es war die Zeit der Gärung. Seine beiden Söhne erzählten dem Alten, sie hätten erst am Tag zuvor nachgeschaut. Es war alles in Ordnung. Es sei nicht nötig, nochmals zu kontrollieren Aber Josef meinte:

„Zweimal hingeguckt ist besser als kein Mal", zog seinen Strickjanker an, stülpte sich seinen Hut auf den kahlen Schädel und eilte zum Keller, der etwas außerhalb des Dorfes lag. Danach hatte ihn keiner mehr gesehen. Gegen acht Uhr am Abend begannen ihn seine Söhne zu suchen. Zuerst gingen sie zum Keller. Dort brannte kein Licht. Also hier war er nicht. Aber einer der Söhne hatte ein komisches Gefühl und sagte zu seinem Bruder:

„Lass uns sicherheitshalber doch nachsehen."

Sie wunderten sich, dass die Kellertür unverschlossen war.

„Nanu, ist Vater schon so senil, dass er das Absperren vergisst?", sagte der Ältere.

„Ist mir noch nicht aufgefallen", entgegnete der Jüngere und trat in den Keller ein. Als das Deckenlicht aufgeflammt war, sahen sie niemand. Nur auf einem der Tische im hinteren Teil des Kellers standen drei Gläser und eine leere Weinflasche. Außer dem Gluckern des gärenden Weines war nichts zu hören.

Der Jüngere der Söhne war schon wieder draußen, als der Ältere doch zu dem Tisch ging. Er wollte wenigstens die benutzten Gläser und die leere Weinflasche wegräumen.

Die Gänge zwischen den Fässern und den Tanks waren nicht besonders breit und gelegentlich stand ein Schemel oder ein Eimer im Weg. Deshalb ging der Ältere langsam und vorsichtig zum Tisch. Das war auch der Grund, warum er seinen Vater entdeckte, der zwischen zwei alten Fässern in einem kleinen Quergang am Boden lag. Er lag auf der Seite, die Beine an den Leib gezogen und beide Hände auf den Bauch gepresst. Sein Gesicht war verkrampft, als hätte er kurz vor seinem Tod noch heftige Schmerzen gehabt. Der Ältere beugte sich zu seinem Vater hinunter und stieß ihn leicht mit der Hand an. Dabei rief er: „Vater! Vater, was hast du!“ Der Vater gab keine Antwort. Er blieb so liegen, wie er schon vorher lag. In Panik schrie er nach seinem Bruder und versuchte mit der Handfläche durch leichte Schläge ins Gesicht, seinen Vater aufzuwecken. Aber vergeblich. Josef rührte sich nicht.

Der Jüngere eilte zu seinen Bruder und sah, wie er sich über den Vater beugte. Er riss sein Handy aus der Jackentasche und rief die Rettung.

Die Stimme, die sich meldete, riet beiden, sofort den Keller zu verlassen, nachdem der Jüngere berichtet hatte, wo und wie sie ihren Vater vorgefunden hatten.

„Los raus hier", brüllte der Jüngere, riss seinen Bruder hoch und zog den zögernden Älteren rasch durch die offene Tür nach draußen.

„Wir können doch Vater nicht da drinnen liegen lassen!" Der Ältere sträubte sich, zu akzeptieren, dass der Vater tot sein könnte. „Wir müssen ihm doch helfen!" beharrte er. Aber der Jüngere sagte: "Willst du auch draufgehen? Wir wissen doch nicht, was Vater passiert ist."

Ehe sie weiter darüber diskutieren konnten, ob und wie sie dem Josef helfen könnten oder sollten, hörten sie schon das Signalhorn des Rettungswagens, das rasch näherkam. Die beiden Sanitäter wussten genau, was zu tun war. Klassischer Fall von Kohlendioxidvergiftung, die Gefahr in der Zeit der Weingärung. Mit Sauerstoffmasken vor dem Gesicht rannte sie zu Josef, stülpten ihm die Maske über das Gesicht und trugen ihn aus dem Keller. Als sie Josef im Freien auf eine Trage legten, schüttelte einer der Sanitäter seinen Kopf.

„Das schaut nicht nach Gärgas aus", meinte er, „da schläfst du friedlich ein und verzerrst nicht das Gesicht vor Schmerzen."

„Was ist mit unserem Vater? Ist er tot?", wollte der Ältere der Söhne wissen.

„Ich fürchte ja".

In der Zwischenzeit hatte der zweite Sanitäter den Notarzt angerufen, der schon auf dem Weg zum Keller war und nach wenigen Minuten eintraf. Ein Blick auf den Toten genügte ihm.

„Nein, das war kein Kohlendioxid, ich tippe auf Herzinfarkt."

„Wieso Herzinfarkt?", protestierte der Jüngere, „Unser Vater war erst vor ein paar Tagen in der Ambulanz in Krems und das EKG war in Ordnung."

„Das besagt gar nichts", meinte der Arzt, „er kann trotzdem am Herzinfarkt gestorben sein."

„Da bin ich nicht mit einverstanden. Mein Bruder und ich wollen unseren Vater obduziert wissen."

„Das können Sie gar nicht entscheiden."

„Wer kann es entscheiden?"

„Die Polizei."

„Dann hol ich jetzt die Polizei."

Der Arzt griff wütend nach seiner Tasche und ging zum Wagen.

„Heh, Doc, was machen wir jetzt mit dem Toten?" fragte einer der Sanitäter.

„Lasst ihn liegen, die Söhne sollen sich drum kümmern", stieg ein und fuhr weg.

Die Sanitäter schauten sich achselzuckend an. Sie packten schon einmal ihre Sachen zusammen und telefonierten mit der Zentrale.

„OK, dann warten wir noch!" so beendete der eine das Gespräch mit seiner Leitstelle und sagte dem Jüngeren der Söhne, der noch immer neben dem toten Vater stand, „die Polizei kommt gleich. Solange warten wir noch".

Der Ältere war inzwischen in den Keller gegangen. Als die Polizei vorgefahren war, kam er wieder heraus und sagte zu dem Inspektor, den er kannte.

„Kohlendioxid war's nicht, Franz. Die Messanlage war eingeschaltet. Es gab keine Warnung und kein erhöhter Wert in den letzten zehn Stunden."

„Was war es dann, was euren Vater umgebracht hat?" Diese Frage stellte Franz eher theoretisch, denn er konnte von keinem der am Fundort Versammelten eine Antwort erwarten.

„Und was passiert jetzt?", fragte der Jüngere, „sollen ihn die Sanitäter nicht ins nächste Spital bringen, vielleicht kann man ihn wiederbeleben?"

„Ihr Vater ist tot, da ist leider nichts mehr zum Wiederbeleben", sagte einer der Sanitäter. Jetzt mischte sich Franz, der Polizeiinspektor, wieder ein.

„Unbekannte Todesursache, Fremdverschulden nicht auszuschließen, fahrt ihn in die Gerichtsmedizin, ich kündige euch dort an."

Während er telefonierte, versiegelte der Kollege den Keller. Die Rettung fuhr mit Josef weg. Um die Söhne kümmerte sich keiner.

Josefs Wohnhaus

Zwei Tage später, um zwei Uhr mittags, hielten vier Streifenwagen vor Josefs Haus. Die beiden Söhne waren gerade dabei, nach einem Testament oder einer letztwilligen Verfügung ihres Vaters zu suchen, als es an der Haustür Sturm klingelte.

Ein Beamter in Zivil stellte sich mit „Hauptmann Gschwendtner vom LKA“ vor und hielt dem Sohn, der die Tür geöffnet hatte, ein Dokument vor die Nase.

„Wir machen jetzt eine Hausdurchsuchung bei Ihnen.“ Während er das sagte, stürmten mehrere Polizisten in Uniform an ihm vorbei und verteilten sich in den Zimmern.

„Was suchen Sie“, wollte der Ältere wissen.

Gschwendtner antwortete kurz: „Rizin.“

„Was?“

„Rizin“

„Was ist das?“

„Ein Gift, an dem Ihr Vater gestorben ist“, sagte Gschwendtner. Jetzt trat auch der Jüngere hinzu und fragte:

„Woher wollen Sie wissen, woran unser Vater starb?“

„Wir haben das gemacht, was Sie vom Polizeiposten verlangt haben. Die Gerichtsmedizin hat ihren Vater obduziert und wir haben dabei eine gehörige Portion Rizin gefunden.“

„Und wie soll unser Vater zu dem Gift gekommen sein? Wir wissen ja noch nicht einmal, wie das, wie heißt das Gift, äh Rezin, aussieht“.

„Das Gift heißt Rizin, mit i nicht mit e. Ihr Vater wurde vergiftet! Er hat sich nicht selbst umgebracht. Rizin kann man nicht einfach kaufen. Das ist meldepflichtig.“

Die beiden Söhne sahen sich verdutzt an und schwiegen. Wer sollte Ihren Vater vergiftet haben und warum? Unschlüssig standen sie im Vorzimmer und sahen dem Treiben der Polizei zu. Als Gschwendtner wieder aus dem Keller kam, sprach ihn der Ältere an:

„Kann unser Vater nicht zufällig und unbeabsichtigt das Gift genommen haben?“

„Kaum. Die tödliche Menge liegt bei etwa einer Messerspitze und mehr hatte ihr Vater auch nicht im Körper. Wenn das Gift irgendwo in einem Behälter gewesen wäre und Ihr Vater hätte es für Zucker gehalten, denn so sieht es aus, dann hätte er sich einen Löffel davon genommen.“

Wieder schwiegen die Brüder. Dann fragte wieder der Ältere:

„Wie schnell wirkt das Gift?“

„Na ja normalerweise innerhalb von zwölf Stunden.“

„Aber solange war unser Vater doch nicht weg“

„Genau, deshalb muss er hier im Haus vergiftet worden sein.“

„Kann es auch im Weinkeller passiert sein? Ich sah dort drei Gläser und eine leere Flasche. Die habe ich weggeräumt, ehe wir Vater auffanden.“

Hauptmann Gschwendtner reagierte sofort Er rief zwei Beamte zu sich und sie fuhren, zusammen mit dem Älteren, zum Tatort. Hastig entfernte die Polizei das Siegel, nachdem sie festgestellt hatten, dass es unversehrt war. Dann bat Gschwendtner den Älteren:

„Gehen Sie voraus und zeigen uns die Gläser und die Flasche."

Das Geschirr stand noch genau dort, wo es der Ältere abgestellt hatte. Die Polizisten verpackten Gläser und Flasche vorsichtig in Plastikbeutel. Dann ließ sich Gschwendtner zeigen, wo der Ältere die Gläser gefunden hatte. Es war ein Tisch mit einer glatt polierten Tischplatte, davor drei Schemel ohne Lehnen. Sie sperrten den Bereich mit roten Bändern ab und der Hauptmann telefonierte mit der Spurensicherung. Die ganze Zeit saß der Ältere auf einem dreibeinigen Schemel und schaute den Polizisten apathisch zu.

Als die Spusi angekommen war, fuhr Gschwendtner wieder mit dem Sohn zum Wohnhaus zurück. Er war sicher, dort kein Rizin zu finden. Das Gift wurde dem Josef im Keller verabreicht, und zwar zusammen mit dem Wein, den er dort mit wahrscheinlich zwei anderen Personen getrunken hatte. Das war plausibel, denn ungelöstes Rizin in einer Weinflasche sieht aus wie Weinstein, nur die Wirkung ist eine Andere, eine Tödliche. Andererseits hatte ihm der Gerichtsmediziner erzählt, Rizin wirkt nicht sofort. Es ist ein qualvoller Tod, der erst eintritt, wenn alle Organe gelähmt sind. Außerdem hätte sich Josef eigentlich erbrechen müssen. Wenn er das Gift tatsächlich über den Wein zu sich genommen hat, dann wäre durch das Erbrechen ein Teil des Rizins wieder ausgeschieden worden. Das musste der Hauptmann mit dem Arzt noch einmal besprechen. Da stimmte etwas nicht.

Wie er vermutet hatte, im Haus vom Josef wurde kein Rizin gefunden. Die Polizeiarmada zog wieder ab und die beiden Söhne wurden für den nächsten Tag zur Kripo nach Krems bestellt, damit sie alles zu Protokoll geben konnten.

Gschwendtner dachte auf der Rückfahrt über den Fall nach. Wer konnte ein Interesse gehabt haben, den alten Josef umzubringen. Die Söhne? Vielleicht, aber wenn die noch ein Jahr gewartet hätten, dann wäre Josef eines natürlichen Todes gestorben. Der Arzt hatte bei ihm einen Krebs in der Bauchspeicheldrüse entdeckt, in einem Stadium, für den es keine Heilung gab. Aber vielleicht wussten sie nichts davon? Er musste sich unbedingt darum kümmern, wie wohlhabend der Tote war. Aber das hatte Zeit bis Morgen. Heute wollte er die Zeit nutzen, einmal früher nach Hause zu kommen. Obwohl er jetzt beim LKA in St. Pölten arbeitete, wohnte er mit seiner Frau noch immer in Krems. Sie wollte von dort nicht wegziehen. Durch einen spektakulären Fall aus der Kunstszene vor einigen Jahren hatte seine Frau Kontakte zur lokalen Künstlerszene gefunden, die sie nicht missen wollte. So musste er eben zwischen St. Pölten und seiner Wohnung pendeln. Aber häufig konnte er zu den Einsatzorten auch direkt von seiner Wohnung fahren.

Als er in die Gasse einbog, die zu seiner Wohnung führte, bemerkte er den Wagen, der vor dem Haus parkte. Das Auto kannte er. Was trieb seinen Freund, den Oberst Stranzl dazu, ihn heute zu besuchen? Er sollte es bald erfahren.

Das Ehepaar Stranzl saß mit der Ehefrau von Gschwendtner bei einer gemütlichen Kaffeejause. Die beiden Polizisten begrüßten sich herzlich. Das taten sie immer, wenn sie sich privat trafen. In St. Pölten trennte sie nur eine Büroetage und sie sahen sich dort mehrmals die Woche. Aber da waren sie Kollegen im Dienst und privat eben Freunde.

„Ja das ist aber eine Überraschung Toni. Hattet ihr in Krems zu tun?"

„Nein, unser Besuch ist privat, hat aber einen kleinen dienstlichen Hintergrund."

„Lass hören."

„Ihr habt doch einen toten Weinhauer in einem Keller in Lengenfeld." Fritz Gschwendtner nickte. „Siehst du und das kommt mir komisch vor. Weißt du, wem der Keller noch vor weniger als einem Jahr gehört hat?"

„Nein"

„Der Elvira und ihrem Cousin."

„Na geh, das ist aber ein Zufall".

„Weiß nicht, ob das Zufall ist. Elviras Onkel, der Koarl, ist plötzlich in seinem Weingarten zusammengebrochen. Weil er schon über siebzig war, hat man angenommen, er hätte einen Herzinfarkt erlitten. Der Josef, euer Toter, war mächtig scharf auf die Gärten vom Koarl. Er wollte sie unbedingt haben und hat einen höheren Preis dafür gezahlt, als üblich.

Kaum ist er Eigentümer, stirbt er ebenfalls, und zwar im Keller vom Koarl. Das ist mir zu viel Zufall?"

„Da geb ich dir recht. Was du noch nicht wissen kannst, der Josef wurde mit Rizin vergiftet!"

Stranzl stieß seinen berüchtigten Pfiff aus. Das tat er immer, wenn er eine Idee hatte, die einen Fall überraschend weiterbrachte.

„Dann würde ich die Exhumierung des Koarl veranlassen" und an seine Frau Elvira gewandt, „tut mir leid Schatz, aber vielleicht war der Herzinfarkt von deinem Onkel gar kein Infarkt und jemand hat ihn ins Jenseits befördert."

„Das ging mir auch gerade durch den Kopf," bemerkte Gschwendtner. „Aber habt ihr jetzt noch einen Kaffee und einen Strudel für mich übrig. Heute brauche ich das dringend."

Und damit waren sie wieder privat. Beide Beamte vermieden es, ihre Fälle zu Hause zu diskutieren, was ihnen aber nicht immer gelang.

Mitte November 2010, ein Tag voller Überraschungen

Den vor knapp einem Jahr verstorbenen Koarl exhumieren zu lassen, war gar nicht so einfach. Das konnte nur ein Richter anordnen und der wollte überzeugt werden. Der bloße Verdacht genügte ihm nicht. Der Richter stammte aus der Gegend um Langenlois und sagte zu Gschwendtner:

„Mit dem Argument, das sie mir gerade geliefert haben, müsste ich jede zweite Leiche im Landkreis Krems ausgraben lassen, Was glauben sie, mein Lieber, mit welchen Verdächtigungen mir die Weinhauer und ihre Sippen kommen. Da brauch ich schon was Handfesteres".

Der Tag fängt ja gut an, dachte Gschwendtner, jetzt brauch ich nur noch den Spusibericht, dass sie nur Rizin im Körper vom Josef gefunden haben und dann kann ich die Akten mit dem Vermerk „Verdacht auf Selbsttötung" schließen.

Aber er wurde enttäuscht. Im Bericht der Spurensicherung, der ihm über das interne Polizeinetz zugestellt wurde, konnte er lesen:

- Fingerabdrücke vom Opfer fanden sich nur an einem Glas. Die beiden Anderen wurden sorgfältig abgewischt. An der Weinflasche fanden sich außen auch keine Abdrücke. Wahrscheinlich wurden sie ebenfalls abgewischt. In der Flasche selbst fanden wir einen Teelöffel Weißwein und Reste von Rizin. Am Flaschenrand innen wurde ein verwischter Abdruck festgestellt, der leider nicht zuordenbar ist. Im Übrigen enthielten alle Gläser und die Flasche Fingerabdrücke des ältesten Sohnes, die beim Wegräumen vom ursprünglichen Standort entstanden sind. <

Wenigstens etwas Brauchbares dachte er. Es erhärtet den Verdacht des Mordes. Warum sollte Josef die Gläser bis auf sein Eigenes gereinigt haben. Warum hat er das Rizin nicht direkt ins Glas gegeben, sondern in die Flasche. Wenn er den Wein mit dem oder den Tätern getrunken hat und sie ihn vergiftet haben, dann müssen sie vom unvergifteten Wein getrunken und in einem unbeobachteten Moment, das Gift in die Flasche geschüttet haben, wissend, dass sich Josef nochmals nachschenkt. Das würde auch den verwischten Abdruck am Inneren des Flaschenhalses erklären. Es musste schnell gehen und da hat der Täter in die Flaschenöffnung gegriffen.

Aber wer waren der oder die Täter? Zeugenaussagen gab es keine. Der Hauptmann beauftragte die uniformierten Kollegen, alle Dorfbewohner zu befragen, ob in der fraglichen Zeit, ein Auto mit einem auswärtigen Kennzeichen aufgefallen ist oder ob Leute im Dorf gesehen wurden, die dort fremd waren. Wahrscheinlich viel Aufwand um nix. Was sollte er sonst tun?

Jetzt rief er den Gerichtsmediziner an.

„Sagen Sie Doc, haben Sie eine Idee, wieso das Rizin so schnell zum Tod geführt hat? Wurde es vielleicht doch in etwas anderem als dem Wein verabreicht?“

„Nein, wir haben es tatsächlich im Wein in einer ungewöhnlich hohen Dosis gefunden. Aber wahrscheinlich haben die Medikamente, die der Tote wegen seines Krebses nehmen musste, die Lähmung beschleunigt. Aber ich mach mich da noch mal schlau. Einen Rizintoten hatte ich ja doch nicht so häufig am Tisch.“ Lachend beendete er das Telefonat. Die Ärzte haben schon eine seltsame Form von Humor, dachte Gschwendtner, wie kann man darüber Witze machen.

Er wusste jetzt auch nicht mehr weiter und beschloss, Stranzl in dessen Büro aufzusuchen. Vielleicht hatte er eine brauchbare Idee.

„Der zuständige Richter verweigert die Exhumierung von Koarl. Der Verdacht reicht ihm nicht.“ Das war der erste Satz, mit dem Gschwendtner seinen Freund ansprach, als er sich mit dem Rücken voran in Stranzls Büro schob, damit der Kaffee in den Tassen blieb, die er in den Händen hielt.

„Also erst einmal, grüß dich Fritz und dann nimm Platz, sonst verschüttest du doch noch den Kaffee.“

Gschwendtner musste grinsen, stellte langsam die noch immer dampfenden Tassen auf den Schreibtisch des Freundes und ließ sich dann in den Besucherstuhl vor dem Schreibtisch fallen.

„Das hab ich mir fast gedacht. Solange der Mord an Josef nicht bewiesen und die Verbindung zum alten Besitz vom

Koarl hergestellt ist, wird dir kein Richter der Welt eine Exhumierungsbewilligung geben."

„Der Mord am Josef kann ich beweisen, auch wenn ich keine Idee habe, warum er umgebracht wurde und noch weniger von wem."

Dann erzählte er seinem Freund, was im Spusibericht stand und was ihm der Mediziner gerade am Telefon erzählt hatte.

„Vielleicht kommen doch die Söhne infrage? Sie haben ihren Vater gefunden und uns von den Gläsern und der Flasche erzählt. Sie könnten das ja alles so hergerichtet haben, dass es wie ein Mord durch den großen Unbekannten aussieht."

Gschwendtner schüttelte den Kopf.

„Erstens stammt das Fragment von Fingerabdruck von keinem der Söhne, zweitens haben sie kein Motiv. Dem Josef gehören zwar alle Weingärten, aber er teilte den Gewinn mit seinen Söhnen und erben würden sie das alles sowieso und das schon bald."

„Stimmt, aber trotzdem. In fast allen Fällen sind die Täter in der Familie zu finden und vielleicht hat der Vater den Söhnen nichts von seiner schweren Erkrankung erzählt", erwiderte Stranzl.

„Aber was fast noch wichtiger ist. Rizin steht auf der Liste der Kriegsgifte. Das kannst du in Österreich überhaupt nicht kriegen. Aber selbst wenn ich einmal unterstelle, die Söhne hätten es sich irgendwie beschafft, dann ist ein Gramm extrem teuer. Das legt man sich nicht in den Keller wie Rattengift", ergänzte Gschwendtner.

„Und gefunden habt ihr bei den Söhnen nicht den Hauch von Rizin. Ich glaub, du hast recht."

Während die beiden Freunde noch weiter über den Fall philosophierten, klingelt Gschwendtners Handy. Am anderen Ende der Leitung meldete sich der Revierinspektor aus Neulengbach. Die eigentlich aussichtslose Befragung der Dorfbewohner hatte eine Spur erbracht. Eine Nachbarin vom Josef erzählte, als Josef am Tag seiner Ermordung aus seinem Haus getreten war, hielt neben ihm ein Auto mit ungarischem Kennzeichen. Josef sei ohne zu zögern eingestiegen. Dann sei das Auto weggefahren.

„Hat sie sich das Kennzeichen gemerkt?"

„Hm nur, dass es ein ungarisches war".

„Und was war das für ein Auto? Marke, Farbe. Größe?"

Wieder hörte der Hauptmann zu und dann sagte er:

„Also nur dunkles Fahrzeug, sonst keine Angaben. Schade, trotzdem danke für die Mühe."

Stranzl kratzte sich am Kinn. „Vielleicht wollten sie zum Golfplatz. Da spielen öfter Ausländer, und soweit ich weiß, liegen Josefs Gärten am Weg zum Platz. Vielleicht ist er nur ein Stück mitgefahren, damit sie den Weg nicht verfehlen würden".

„Nichts leichter als das. Ich ruf jetzt am Golfplatz an und frag, ob an diesem Tag Ungarn am Platz gespielt haben."

Stranzls´ Sekretärin sucht die Nummer vom Golfplatz heraus und stellte die Verbindung zum Apparat ihres Chefs her.

„Oberst Stranzl vom LKA in St Pölten. Können Sie bitte feststellen, ob am 10. November dieses Jahres ungarische Gäste auf Ihrem Platz Golf gespielt haben?

Ja ich warte." Stranzl trank den Rest seines Kaffees.

„Ich bin noch da. Was da hatten Sie geschlossen, der Platz war nicht bespielbar."

„Frag, ob sich Ungarn für den Tag angemeldet hatten", unterbrach Gschwendtner.

„Sagen Sie, hatten sich ungarische Gäste für diesen Tag angemeldet?" Wieder wartete Stranzl einige Augenblicke und sagte dann. „Vielen Dank und auf Wiederhören."

„Und?"

„Keine Anmeldungen."

„Naja, jetzt haben wir eine ungarische Spur, super", schlussfolgerte der Hauptmann.

„Den Hauch einer Spur", kommentierte der Oberst.

Der Hauch hatte sich verflüchtigt, so schnell wie er gekommen war. Denn außer der Nachbarin hatte niemand das Auto mit der ungarischen Nummerntafel gesehen. Wenn Josef tatsächlich eingestiegen war, dann musste er entweder bei seinem Keller allein ausgestiegen sein oder die beiden Insassen zu einem Glas Wein eingeladen haben. Wenn, dann waren es zwei, weil es drei Gläser gab.

Die beiden beschlossen, den Weinkeller nochmals gründlich abzusuchen. Vielleicht gab es doch noch eine Spur, die sie bis jetzt übersehen hatten.

Koarls alter Weinkeller

Der Weinkeller, in dem Josef starb, – ob er auch darin ermordet wurde, wusste die Polizei noch immer nicht sicher - , war noch immer versiegelt, was die beiden Söhne von Josef störte. Noch ehe das LKA mit der Durchsuchung des Kellers beginnen konnte, besuchte der Ältere Gschwendtner in St. Pölten.

„Hören Sie, Herr Hauptmann, wir müssen in den Keller, nach dem Wein sehen".

„Das versteh ich schon, aber solange die Ermittlungen nicht abgeschlossen sind, können Sie da nicht rein."

„Verdammt, das können Sie nicht machen! Wissen Sie, was es uns kostet, wenn wir den neuen Wein, der dort gärt, wegschmeißen müssen?" und nachdem Gschwendtner nur schaute und nicht antwortete, „mindestens einhunderttausend!"

„Gut, dann klagen Sie den Verlust halt bei der Republik ein."

„Bis wir da nur einen Euro sehen, sind wir pleite."

„OK, ich mach Ihnen einen Vorschlag: Sie können täglich eine Stunde in Begleitung der Polizei nach Ihrem Wein sehen. Sie fragen vorher, wenn Sie etwas anfassen wollen und wenn Ihnen das untersagt wird, dann lassen Sie es, egal, welcher Schaden Ihnen dabei entsteht."

Darauf einigten sie sich und Gschwendtner begleitete beide Söhne noch am gleichen Tag in den Keller. Sie hatten schon recht, in den Kesseln fauchte und zischte es kräftig. Da musste schon jemand, der von Fach war, nach dem rechten sehen, sonst flog der Keller vielleicht noch in die Luft.

„Das nicht", beruhigte der Jüngere, „der Druck weicht schon aus den Ventilen, aber das muss kontrolliert passieren."

Die Söhne arbeiteten nur an den Tanks und nicht an den Fässern, zwischen denen Josefs Leiche gefunden worden war. Die Suche des Polizisten am Boden und zwischen den Fässern blieb erfolglos. Nur Staub und Dreck. In der Nähe des Tisches und der Stühle, dort war alles sauber, da hatten die Leute der Spusi gründlich gearbeitet. Dort fand er nichts. In der Ecke, seitlich vom Tisch, stand ein alter Kasten. Der Schrank musste schon sehr alt sein, denn er war aus gehobelten Brettern zusammengezimmert, die Tür hing an einem langen Bandscharnier und im Schloss steckte ein alter Schlüssel. Gschwendtner war sicher, den Schrank hatten die Spusi Leute auch gründlich nach Spuren abgesucht. Trotzdem öffnete er ihn. Der Kasten war vollgeräumt mit Gläsern. Sie standen auf altem Pergamentpapier, wie es Gschwendtner von seiner Großmutter kannte. Sie hatte damit ihre Schränke ausgelegt. Heute konnte man es nicht mehr kaufen. Die Gläser standen umgedreht auf den beiden Borden im Schrank. Am Boden waren zwei Kartons neue Gläser gelagert. Der Hauptmann hob sie vorsichtig aus dem Schrank und stellte sie auf den Tisch. Die Kartons waren schon geöffnet worden, aber noch voll von unberührtem Glas. Auch der

Boden war ausgelegt mit dem alten Papier, für das es einen Namen gab, der ihm nicht mehr einfiel.

Fast träumerisch strich er mit der Hand darüber, auch um zu spüren, ob es sich so anfühlt, wie er das Gefühl aus der Zeit seiner Großmutter kannte. Dabei bemerkte er, dass der Boden des Schranks nicht eben verlief. In der Mitte gab es eine kleine Erhöhung. Jetzt fuhr er noch einmal langsam mit der Handfläche darüber. Die Erhebung kam nicht von einem der Schrankbodenbretter. Es musste etwas zwischen dem Holzboden und dem Papier liegen. Vorsichtig löste er die Folie an einer Ecke. Vor ihm lag ein zusammengefaltetes braunes Papier. Schon wollte er es herausziehen, da fiel ihm ein, vielleicht waren brauchbare Spuren dran und er fischte ein Paar Gummihandschuhe aus seiner Jackentasche. Als er aufschaute, standen die beiden Söhne hinter ihm und sahen ihm interessiert über die Schulter. Vorsichtig fasste er wieder unter die Folie und zog das braune Etwas heraus. Ehe er das Papier auseinander falten konnte, griff einer der Söhne von hinten nach dem Papier und wand es ihm aus der Hand.

Blitzartig war der Hauptmann aus der Hocke hoch geschossen, als er auch schon den Jüngeren, er war es, der ihm das Papier entwendet hatte, anbrüllte:

„Sind Sie wahnsinnig, Mann, geben Sie das Papier her, aber flott", und schon hatte er ihm das Papier entrissen, wobei ein kleiner Zipfel ab riss, den der Jüngere jetzt krampfhaft in seiner Hand hielt.

„Her mit dem Zipf, aber schnell."

Der Hauptmann hielt jetzt das vollständige Papier in den Händen, tat aber den beiden Brüdern nicht den Gefallen, es zu entfalten, obwohl beide darauf brannten, zu sehen, was der Polizist da in seinen Händen hielt. Das war ihren Gesichtern anzusehen.

„Wissen Sie, was das ist?“

Beide schüttelten den Kopf.

„Dann verlassen Sie jetzt den Keller“, und als die Brüder zögerten, „na wird's bald“.

Erst als die Söhne draußen waren, faltete Gschwendtner das Papier langsam auf. Es war ein altes Papier, leicht brüchig, braunes Packpapier. Viele Rechtecke waren aufgezeichnet, mit der freien Hand, denn die Linien waren nicht immer gerade. Offensichtlich ein Lageplan. Wege waren erkennbar. Vermutlich Felder oder Weinberge, in einem der größeren Rechtecke war ein etwa ein Zentimeter großes Quadrat eingezeichnet. Keine Namen, keine Nummern. Ein Lageplan, aber wovon?

Gschwendtner verstaute das Dokument in einem Plastiksackerl und untersuchte den Schrank genauer. Er räumte alle Gläser auf den Tisch, fuhr über das alte Pergamentpapier jedes Fachs, tastete sorgfältig den Boden von unten und den Kranz von oben ab. Nichts. Dann rückte er den Schrank von der Wand weg und drehte ihn soweit ins Licht, dass er die Rückwand einsehen konnte. Genau in der Mitte war ein kleines Kuvert mit Reißbrettstiften aufgepickt. Er versuchte die Stifte zu lösen, aber der Rost hatte sie mit dem Holz der

Rückwand so verschweißt, dass das papierne Kuvert zeriss und ein alter rostiger Schlüssel auf den Boden fiel. Nur mit seinem Taschenmesser konnte der Hauptmann die Reißnägel herausbohren. Der Schlüssel war ein einfacher Röhrenschlüssel mit einem glatten Bart. Solche Schlüssel kannte er aus der Asservatenkammer in Krems, die er als junger Kriminalpolizist einmal gründlich besichtigt hatte und wo Gegenstände von Fällen lagerten, die teilweise hundert Jahre alt waren. Wenn er sich richtig erinnerte, könnte der Schlüssel zu einem Schrank oder einem Schreibtisch passen.

Erst jetzt verständigte er die Spusi und bat sie, den alten Schrank abzutransportieren und ihn im Labor gründlich zu untersuchen.

Die beiden Söhne warteten draußen noch immer ungeduldig und wollten wissen, was Gschwendtner in dem Schrank gefunden hatte.

„Nichts, was Sie etwas angeht, meine Herren."

„He, hallo", begehrt der Ältere auf, „das ist immerhin unser Eigentum".

„Stimmt, wenn wir es nicht mehr brauchen, bekommen Sie es auch zurück. Im Übrigen, morgen können Sie erst gegen Abend mit mir wieder in den Keller."

Als der Streifenwagen, den er angefordert hatte, eintraf, ersuchte er seine uniformierten Kollegen, den Keller solange zu bewachen, bis die Spurensuche angekommen war.

Das mysteriöse Dokument

Gschwendtner suchte sofort das Labor des LKA auf, als er wieder in St. Pölten angekommen war.

„Ich muss wissen, wie alt das Papier ist, ob noch Fingerabdrücke drauf sind und ob ihr mir eine Kopie davon machen könnt, damit ich inzwischen feststellen kann, was der Lageplan darstellt".

„Nichts leichter als das", entgegnete ihm die junge Kollegin, die Chefin des mit allen Raffinessen ausgestatteten Labors. „Die Kopie haben Sie in einer halben Stunde, das andere dauert etwas länger."

Auf dem Weg zu seinem Büro schaute er kurz bei seinem Freund Stranzl vorbei, um ihm von seinem Fund zu erzählen. Der Oberst war zwar auf dem Sprung wegzugehen, meinte aber dann doch, eine halbe Stunde hätte er noch Zeit. Als der Hauptmann mit seinem Bericht fertig war, sagte Stranzl:

„Also du glaubst, dein Fund hat etwas mit dem Mord zu tun."

„Da bin ich mir sicher. Ich weiß nur noch nicht wohin das Puzzle passt. Wurde Josef ermordet, weil er den Plan nicht herausrücken wollte, oder ging es gar nicht um den Plan?"

„Woher weißt du eigentlich, dass Josef etwas von dem Plan wusste? Immerhin gehörte der Weinkeller bis vor einem Jahr Elviras Onkel, dem Koarl."

„Wenn wir seine Fingerabdrücke auf dem Plan oder am Kasten finden, dort wo der Plan versteckt war, dann musste er etwas davon gewusst haben."

„Wie haben eigentlich die Söhne auf deinen Fund reagiert?"

„Die waren sehr neugierig und rissen den Plan an sich, deshalb ist er ja auch kaputt gegangen. Fast hätte man meinen können, sie wollten nicht, dass ich ihn untersuche. Andererseits, wenn sie von dessen Existenz wussten, warum haben sie ihn dort im Kasten liegen lassen?"

„Eben"

Ein Bote aus dem Labor brachte die Kopie des Plans. Beide vertieften sich darüber.

Gschwendtner fragte:

„Wie finden wir raus, was der Lageplan darstellt?"

„Also, ich glaube auch, dass es ein Lageplan von Grundstücken ist", entgegnete Stranzl nach einigen Minuten, „aber wohin passt er?" Das sagte er mehr zu sich selbst, "weil er in einem Kasten in Lengenfeld gefunden wurde, würde ich es erst einmal dort versuchen."

„Du meinst, wir scannen ihn ein und gleichen ihn elektronisch mit dem Gemarkungsplan der Gemeinde ab."

„Ja. Der Plan ist zwar alt und wahrscheinlich haben sich die Grundstücksgrenzen im Laufe der Jahre verändert, aber wenn wir eine mehr als siebzig prozentige Übereinstimmung finden, liegen wir richtig."

„Gut probieren wir s".

Der Hauptmann betraute einen seiner Mitarbeiter mit dieser Aufgabe, die sehr lange dauern konnte. Aber vielleicht half ihnen ja das Alter des Papiers.

Zwei Tage später wusste der Hauptmann folgendes:
Beim Papier handelte es sich um ordinäres Packpapier, wie es Anfang der vierziger Jahre des vorherigen Jahrhunderts im Gebrauch war. Also in der Zeit von 1940 bis 1945, während des zweiten Weltkriegs. So alt war auch der Plan selbst. Die Spektralanalyse der Bleistiftstriche ergab einen Zeitraum von 1944 bis 1945, genauer ließ sich das Alter nicht bestimmen. Fingerabdrücke gab es jede Menge, viele alte, die nicht mehr darstellbar waren und neuere. Aber, und das war ein Wermutstropfen, sie passten nicht zu Josef nur zu einem der Söhne. Letztere waren eindeutig entstanden, als der Jüngere Gschwendtner das Papier entrissen und von Koarl hatten sie keine Vergleichsmuster.

Der Vergleich mit dem Gemarkungsplan hatte kein Resultat ergeben. Der junge Beamte, der mit dem Abgleich beauftragt worden war, meinte aber, wenn der Plan wirklich aus der Zeit von 1944 bis 1945 stammt, dann wäre es sinnvoll, auch die Gemeindepläne aus dieser Zeit zum Vergleich heranzuziehen. Nur seien die nicht elektronisch verfügbar. Er versprach sich darum zu kümmern.

Der Schlüssel

Am Abend jenes Tages, an dem sich Stranzl und Gschwendtner über den Fund im Kasten unterhalten hatten, bat der Oberst seine Frau, nochmals das Haus ihres Onkels gründlich zu durchsuchen. Besonders solle sie auf alte Möbel achten.

„Ich bin ziemlich sicher, dass dein Onkel mehr mit dem gefundenen Plan zu tun hat, als wir bisher wissen".

Gleich am nächsten Morgen suchte Elvira das Haus ihres Onkels auf und erlebte die erste Überraschung. Alle Türen waren verschlossen, die Fensterläden zugeklappt. Keine Spur vom polnischen Faktotum. Eigentlich hätte die Haushälterin anwesend sein müssen, denn Elvira zahlte sie dafür. Sie hatte mit ihr vereinbart, dass sie Bescheid gibt, wenn sie mehr als zwei Tage weg ist. Das Haus schien schon Monate verlassen zu sein, denn überall lag Staub und die Luft roch abgestanden und muffig.

Elvira suchte den Nachbarn auf, der fünfzig Meter entfernt wohnte und klingelte. Ein alter Mann öffnete ihr.

„Entschuldige die Störung, aber weißt du, wo unsere polnische Haushälterin abgeblieben ist?"

„Nein, weiß ich nicht."

„Wann hast du sie zum letzten Mal gesehen?"

„Vor ungefähr drei Monaten. Es ist ein Auto aus Polen vorgefahren. Ein junger Mann ist ausgestiegen und hat sie nach einer halben Stunde mitgenommen."

„Hast du den jungen Mann gekannt?"

„Nein".

Ehe sich Elvira bedanken konnte, hatte sich die Haustür wieder vor ihr verschlossen.

Komisch, dachte sie, die Nachbarn waren bisher immer freundlich miteinander umgegangen. Auch die Haushälterin hatte einen guten Kontakt. Irgendetwas musste vorgefallen sein, dass sie einfach verschwunden ist, ohne wenigstens den Nachbarn zu informieren.

Elvira begann das Haus systematisch zu durchsuchen, nachdem sie die Fensterläden geöffnet hatte. In der Küche war der Kühlschrank leer und abgeschaltet. Im Zimmer der Haushälterin fehlten ihre Kleider, das Bett war abgezogen, das gebrauchte Laken und die Bettwäsche verschwunden. Nichts deutete darauf hin, dass hier jemand gewohnt hatte. Eine Gänsehaut lief ihr über den Rücken. Sie rief ihren Mann an. Er sagte ihr, sie solle nichts anfassen, er würde jemand vorbeischicken. Elvira wartete im Hof unter dem wilden Wein, der ihn überwucherte, auf die versprochene Hilfe. Die letzten Sonnenstrahlen des Spätherbsttages wärmten ihr Gesicht und sie begann, nachzudenken.

Wenn die Haushälterin schon seit drei Monaten verschwunden ist, dann muss jemand das Geld, das Elvira ihr monatlich überwiesen hat, vom Konto in Lengenfeld abgehoben haben, denn zurücküberwiesen wurde nichts. Sie sah auf die Uhr. Es war kurz vor zwölf. Wenn sie sich beeilte, dann hatte die Raiffeisen Filiale noch nicht geschlossen und bis die versprochene Hilfe aus St. Pölten eintreffen würde, wäre sie wieder zurück. Tatsächlich, die Bank hatte noch offen. Die einzige Angestellte war gerade dabei alles zu verschließen.

„Bitte, können Sie mir eine Auskunft geben?"

Die Angestellte nickte.

„Ich bin Elvira Stranzl". Sie schob ihren Ausweis durch die Öffnung des Schalterglases.

„Ich überweise jeden Monat auf das Konto", jetzt reichte sie die Konto Nummer nach,

„ 500 Euro. Die Polin, der das Konto gehört, ist aber seit drei Monaten verschwunden. Ist der Betrag noch auf dem Konto oder abgehoben worden?"

„Das darf ich Ihnen eigentlich nicht sagen". Aber dann sah sie doch in ihrem Computer nach. Während sie das Gerät ausschaltete, wandte sie sich wieder Elvira zu und sagte: „die letzten Eingänge wurden auf ein polnisches Konto transferiert."

„Bei welcher polnischen Bank, dürfen Sie mir auch nicht sagen."

„Bedauere Bankgeheimnis. Aber stellen Sie die Zahlungen einfach ein, dann werden sich die Polen sicher bei Ihnen melden."

Oder auch nicht, dachte Elvira und fuhr wieder zum Hof zurück.

Oberst Stranzl ging unruhig vor dem Tor auf und ab. Als er das Auto seiner Frau um die Ecke biegen sah, blieb er stehen.

„Wo, um alles in der Welt, bist du gewesen? Ich hatte dich doch gebeten, zu warten."

„Ich war auf der Bank. Meine Zahlungen hat jemand aus Polen abgehoben."

Stranzl pfiff durch die Zähne, was er immer tat, wenn eine überraschende Wendung in einem Fall eintrat.

„Entweder ist alles ganz harmlos. Sie ist heimgefahren und casht dich solange ab, bis du es merkst oder ihre Mischpoke hat sie heimgeholt, aus welchem Grund auch immer und jetzt versuchen sie noch Kasse zu machen."

„Trau ich ihr zwar nicht zu, denn bisher hat sie immer angerufen, wenn sie für ein paar Tage weggefahren ist. Irgendetwas stimmt da nicht."

Sie gingen beide ins Haus.

„Ist dir aufgefallen, ob etwas fehlt?"

„Bis jetzt nicht, aber lass uns systematisch nachsehen."

In der Küche war noch alles da. Das Schlafzimmer von Koarl war verschlossen. Elvira hatte keinen Schlüssel. Also schauten sie im Wohnzimmer nach. Dort schien auch nichts zu fehlen. Selbst der Fernseher stand noch auf seinem Platz. Der Schlüssel von Gschwendtner passte aber nirgends, obwohl die Kredenz die richtigen Schlüssellöcher hatte. Er durchsuchte alle Schubladen. Aber außer Fotos, Briefen und Besteck fand er nichts, auch nicht den Schlüssel zum Schlafzimmer.

Alle anderen Zimmer waren schon seit Jahren unbenutzt. Die Möbel waren abgedeckt, überall hingen Spinnweben. Auch im Keller fand sich nichts besonderes.

„Was machen wir mit dem Schlafzimmer deines Onkels? Brechen wir die Tür auf?"

„Bleibt uns ja sonst nichts anderes übrig."

„Doch, ich lass das einen Beamten aus dem Präsidium machen."

Er telefonierte.

„Fahren wir wieder heim. Er kommt Morgen."

Am nächsten Tag gegen neun trafen sich das Ehepaar Stranzl, Gschwendtner und ein Techniker vor dem Hof. Der Spezialist brauchte ganze fünf Minuten bis die primitive Zimmertür ohne Beschädigung offen war. Im Licht der Deckenlampe sahen sie den aufgebrochenen Schreibtisch. Gschwendtner nahm seinen gefundenen Schlüssel und probierte ihn aus. Er passte. Vorsichtig durchsuchten sie alle Schubladen. Neben alten Geschäftsunterlagen, unbenutztem Papier und Schreibutensilien fanden sie einen alten Taschenrechner und ein Uralthandy. Als sie alle Schubladen herausgenommen hatten, entdeckte Stranzl auf der Unterseite einer Lade die Spuren eines früher dort aufgeklebten Dokuments. Nur war das Dokument jetzt weg. Die Spuren der Klebstreifen aber waren erkennbar.

„Was immer dort unten angeklebt war, kann nicht so alt gewesen sein, wie mein Plan, den ich beim Josef gefunden habe. Solange hätten die Klebestreifen nicht gehalten."

„Doch Fritz, es könnte eine Kopie des Plans gewesen sein. Nur hatte ihn Koarl vorher woanders versteckt und später erst unter die Lade geklebt."

„Meinst du, das reicht für eine Exhumierung?"

„Möglich, wenn wir nachweisen können, dass dein gefundener Plan etwas mit dem Tod von Josef zu tun hat."

„Aber wer hat das Dokument mitgenommen? Die Polin oder ihre Verwandten? Oder war es schon vorher verschwunden?"

„Wielange das, was immer hier angeklebt worden war, schon entfernt wurde, kann das Labor herausfinden. Jedenfalls soll sich die Spusi das Zimmer einmal gründlich vornehmen".

Als die LKA-Beamten im LKA angekommen waren, erfuhren sie, der Assistent, der den Lageplan entschlüsseln sollte, wollte sie unbedingt sprechen.

„Also, ich war im Amtshaus von Lengenfeld und hab nach den alten Plänen von 1945 gefragt. Was glauben Sie, hat mir die Sekretärin des Bürgermeisters gesagt?"

„Na, woher sollen wir das wissen?"

„Es war schon wer vor circa zwei Wochen da und hat nach den gleichen Plänen gefragt."

Anfang Dezember 2010, das Geheimnis des Lageplans

„Wer hat sich die Lagepläne im Gemeindehaus angesehen?“ fragte der Oberst.

„Die Sekretärin meinte, es wären Ausländer gewesen. Einer sprach akzentfrei Deutsch, aber untereinander haben sie ungarisch geredet“, antwortete der Polizeibeamte.

Stranzl stieß seinen berühmten Pfiff aus.

„Das waren sicherlich unsere Ungarn, die angeblich keiner mehr gesehen hat. Und was haben sie gesucht?“

„Das konnte sie mir auch nicht sagen. Die Herren baten, mit den Plänen allein gelassen zu werden. Sie versprachen nichts mitzunehmen oder zu beschädigen und die Sekretärin war allein und hatte zu tun.“

„Wann war das?“ wollte Gschwendtner wissen.

„Vor genau zwölf Tagen.“

„Ist sie sich sicher?“

„Hab ich sie auch gefragt, aber sie meinte, das würde sie nie vergessen, denn die alten Pläne hat noch niemand ansehen wollen, seit sie auf dem Amt arbeitet und das ist jetzt dreißig Jahre her. Sie sagte, sie musste die Pläne erst im Keller suchen. Sie waren komplett eingestaubt.“

Der Oberst fragte weiter: „Passt unsere Zeichnung zu den alten Plänen?“

„Ja perfekt." Und damit legte der Beamte die alten Gemarkungsblätter sorgfältig auf den Tisch und schob den gefundenen Plan, den er auf eine Folie kopiert hatte, darüber. Er schob die Folie solange hin und her, bis sie über den markierten Weinparzellen lag. Die beiden Offiziere schauten ihm interessiert zu.

„Und wem gehören die Weingärten?"

Es entstand eine Pause, als der Beamte in einem dicken Folianten die Gemarkungsnummer heraussuchte.

„Also die mit den Nummern A262, A256, B358 gehörten damals der Familie des Josef und die drei anderen dem Vater vom Koarl."

Wieder pfiff der Oberst durch die Zähne.

„Können Sie uns zeigen, welche Weingärten das heute sind?" Mit dieser Frage trat der Hauptmann an die aktuelle Gemarkungskarte, die an der Wand hing.

„Das ist nicht so ganz einfach. Zwischen damals und heute gab es eine Umwidmung und mehrere Verkäufe mit Zusammenlegungen. Ich muss das jetzt Stück für Stück rekonstruieren, und die Zwischenstücke zwischen 1945 und heute zu finden".

„Was glauben Sie, wie lange Sie brauchen?" fragte Gschwendtner.

„Ich schätze ein bis zwei Tage."

Im Büro von Stranzl meinte Gschwendtner. „Also, wenn das unsere Ungarn waren, dann mussten sie einen identischen Plan aus der Zeit gehabt haben. Es müssen also damals zwei oder mehrere Kopien angefertigt worden sein."

„Stimmt, stellt sich die Frage, wo war der andere Plan die ganze Zeit? Hier irgendwo in Lengenfeld oder in Ungarn?“ Welche Verbindung gab es zwischen dem hiesigen Planbesitzer, dem Koarl, und den Ungarn? Und besonders, was ist an den Gärten so interessant, dass die Ungarn danach suchen? Hat der Koarl überhaupt gewusst, was da im Kasten verborgen lag?“

„Viele Fragen, auf die ich auch keine Antwort weiß. Nur habe ich einmal zurückgerechnet. Die Ungarn waren zwei Tage vor dem Mord an Josef auf dem Gemeindeamt. Wenn ich einmal spinne und annehme, sie hätten Josef um die Ecke gebracht, dann müssten sie gewusst haben, was sie auf Josefs Gründen suchten und Josef muss sich geweigert haben, die Suche zuzulassen.“

„Wenigstens hätten wir dann ein Motiv.“

„Also wie tun wir weiter?“

„Wir warten, bis wir wissen, in welchen Gärten wir suchen müssen.“

Am nächsten Tag gegen Spätnachmittag bat sie der Beamte wieder in sein Büro. Er hatte auf dem heutigen Gemarkungsplan einige Felder rot markiert.

„Es war gar nicht so schwer. Gott sei Dank ist unser Grundbuch gut erhalten.“

Damit trat er an die große Karte und markierte mit einem Filzstift einige umrahmte Parzellen mit A, B und C. Das gleiche hatte er mit der Kopie des gefundenen Plans gemacht.

„Sehen Sie. Der Weingarten A auf dem gefundenen Plan teilt sich heute auf drei Weingärten auf, die ich mit A1, A2 und A3 markiert habe. A1 gehört dem Josef, A2 dem Koarl und A3 der Josefa, der Postlerin, die ihren Garten dem Koarl verpachtet hat. B teilt sich in zwei Teile auf, Achtzig Prozent ist identisch mit B1 und der kleine Zipfel hier unten ist heute ein Wirtschaftsweg. B1 gehört dem Josef. C ist ganz kompliziert. Da steht heute der Golfplatz drauf."

„Na servus", entfuhr es Gschwendtner, „komplizierter geht's nimmer".

Stranzl schüttelte den Kopf. „Ich glaub, es ist gar nicht so kompliziert. Wenn deine Theorie stimmt, dann wissen die Ungarn mehr als wir. Sie wissen, nach was sie suchen. Da sie sich nur für den Josef interessiert haben, fällt der Golfplatz und die Parzelle der Postlerin weg. Was immer sie suchen, muss mit den Gärten von Josef und von Koarl zu tun haben, die Josef von Koarls Erben gekauft hat."

„Einleuchtend!"

„Jetzt lass uns nochmals die gefundenen Pläne anschauen, ob wir Markierungen finden".

Mit Hilfe einer Lupe untersuchten sie Zentimeter für Zentimeter und tatsächlich. Auf dem mit B1 bezeichneten Feld war ein kleines Quadrat eingezeichnet. Mit dem bloßen Auge fast nicht zu erkennen. Entweder war es bewusst so klein markiert oder die Bleistiftfarbe war verwittert.

„Das sollten wir uns Morgen einmal genauer anschauen", meinte der Oberst und sagte zu dem Beamten, der die Pläne analysiert hatte, „und Sie kommen mit".

Am nächsten Tag goss es in Strömen wie üblich im Dezember. Der Wetterbericht versprach keine Besserung vor dem darauffolgenden Tag. Gschwendtner blies die Besichtigung ab. So eilig war der Fall auch nicht, dass keine Zeit zu verlieren wäre. Genau genommen hatte er keine Lust im Regen in den Weingärten herumzuturnen, nass und schmutzig zu werden. Bei dem Wetter, wollten alle schnell wieder ins Trockene und niemand schaute genau hin. Des Hauptmanns Bauchgefühl sagte ihm, das, was sie suchten, war nicht leicht zu finden. Denn der Garten sah sicherlich anders aus als vor 65 Jahren. In Wirklichkeit dauerte es ganze drei Tage, bis sie suchen konnten. Das Wetter und der nasse Boden ließen eine genauere Prüfung nicht zu. Davon hatte sie der Beamte mit den Karten überzeugt, der trotz des starken Regens hingefahren und sich ortskundig gemacht hatte.

Dadurch mussten sie nicht lange suchen. Sie wurden zielgenau zum Weingarten und punktgenau dorthin geführt, wo das kleine Quadrat eingezeichnet worden war. Nichts Ungewöhnliches war zu erkennen. Die metallenen Rebstützen waren in Granitsteinen verankert, um die die Drähte gespannt zu halten, an denen die Rebstöcke hoch wuchsen. Zwischen den Rebzeilen wuchs Unkraut, am Beginn der Zeilen standen späte Rosen. Das wunderte Gschwendtner, aber Stranzl klärte ihn auf.

„Rosen sind empfindlich gegen Mehltau, der auch die Rebstöcke befällt. Nur an den Rosen kannst du ihn besser erkennen. Sind die Rosen Ok dann sind es auch die Reben."

„Aha, nicht schlecht."

Der Boden sah aus, wie jener im Umkreis von einhundert Quadratmetern. Wenn hier einmal etwas Bauliches gestanden hatte, dann war es schon lange abgerissen worden.

„Was immer es war, es ist jetzt weg“, stellte der Hauptmann fest.

„Also ein Brunnen war s nicht“, meinte der Kartenbeamte, „ich hab mich schlau gemacht, wasserführende Adern gibt es im Umkreis von einem Kilometer nicht.“

„Wie können wir feststellen, ob etwas unter der Erde ist?“ fragte der Hauptmann.

„Kommt drauf an, nach was wir suchen.“

Jetzt meldete sich wieder der Kartenmensch: „Wenn wir nach Metall suchen, brauchen wir einen Detektor.“

„Und haben wir so etwas?“ wollte Stranzl wissen.

„Ja, haben wir in St Pölten beim Entminungsdienst des Bundesheeres.“

„Und wenn der Detektor sagt, da ist kein Metall in der Erde? Wie weit reicht der eigentlich hinunter?“, wollte jetzt Gschwendtner wissen.

„Also genau weiß ich das auch nicht, aber ich glaube einige Meter, denn die Leute, die alte Munition entsorgen, müssen schon in der Tiefe suchen.“

„Ja, Ok, aber wenn wir kein Metall finden? Was könnte sonst noch verbuddelt sein?“ Der Hauptmann gab sich mit den Auskünften nicht zufrieden.

Stranzl antwortete: „Also Hohlräume kannst du mit einem Art Ultraschallgerät feststellen. So etwas haben wir sicher nicht und, um die Genehmigung für eine genauere Untersuchung zu erhalten, dafür reicht unser Verdacht nicht.“

„Das Gleiche Dilemma wie bei der Exhumierung von Koarl."

„Verdammt, das hab ich ja total vergessen. Vielleicht können wir den Richter jetzt" und dabei deutete er auf das Kartenmaterial, das der Beamte noch immer in Händen hielt, „damit überzeugen."

Die Exhumierung, zweiter Versuch

Es dauerte einige Tage, bis sie einen Termin beim zuständigen Richter bekamen. Es war derselbe wie beim ersten Versuch. Nur dieses Mal ging Gschwendtner nicht allein hin. Stranzl begleitete ihn. Sie dachten, der höhere Polizeirang von Stranzl beeindruckt vielleicht den Richter.

„Na, Hauptmann Gschwendtner, haben sie sich Verstärkung mitgebracht“, dabei deutete er auf Stranzl, „hoffe, Sie haben auch jetzt bessere Argumente als neulich“.

„Wir sind sicher, Herr Rat“, antwortete statt seiner der Oberst. „Darf ich Ihnen erläutern, was wir haben, warum wir den Koarl exhumieren wollen und was wir uns davon versprechen?“

„Bitte, Herr Oberst, sie haben eine viertel Stunde Zeit.“

„Gut, das sollte reichen.“

Stranzl begann zu referieren. Josef wurde zweifelsfrei ermordet. Motiv, jemand wollte etwas auf oder in einem bestimmten Weingarten suchen. Wahrscheinlich das, was als kleines Viereck auf der alten Karte, die er dem Richter zeigte, eingezeichnet war.

Diese Karte gehörte aber nicht Josef, sondern Koarl, denn sie wurde in dem Schrank gefunden, der mit Koarls Inventar von Josef gekauft wurde. Der Grund, der auf dieser Karte eingezeichnet war, gehörte aber immer schon dem Josef.

„Jetzt ergeben sich folgende Fragen: Haben Koarls Vorfahren etwas auf Josefs Grund versteckt, was dessen Mörder suchen? Haben sie es zuerst bei Koarl gesucht und als sie es nicht fanden oder Koarl es ihnen nicht gab, dann den Josef umgebracht, der ja vielleicht nichts vom Versteck wissen musste, aber jetzt die Karte besaß ohne es zu wissen? Musste der Koarl deswegen sterben oder ist er ihnen nur zufällig gestorben, ehe Josefs Mörder ihn fragen konnte?"

„Hören Sie auf, das ist mir alles zu kompliziert." Der Richter holte tief Luft: „Aber ich sehe ein, einer muss diesen Wirrwarr auflösen und deshalb kriegen Sie Ihre verdammte Exhumierungsgenehmigung. Sie können in meinem Vorzimmer darauf warten."

Entspannt verließen die Kriminalbeamten das Gericht in St. Pölten. Wieder einmal wurde bewiesen, dass Verwirrung eher zum Ziel führt als Klarheit. Es dauerte zwei weitere Tage, bis alle Beteiligten für die Ausgrabung Zeit fanden.

Zufällig spielte auch das Wetter mit. Es versprach, ein sonniger Tag zu werden. Gegen neun hatten sich einige Herren am Grab von Koarl in Lengenfeld versammelt. Erstaunlich, dachte Gschwendtner, immer nur Männer bei so einer grauslichen Arbeit. Ich habe noch nie eine Frau bei einer Exhumierung vor Ort erlebt, nur im Labor. Zwei Totengräber begannen, das Grab zu öffnen. Sie gingen dabei wenig pietätvoll vor. Während sie die Erde auf einen Haufen schaufelten, rissen sie Witze, rauchten und tranken von Zeit zu Zeit einen Schluck Bier aus der Dose. Um sich die Wartezeit zu verkürzen, setzte sich der Arzt auf einen Grabstein und las eine

Tageszeitung. Gschwendtner konnte die Schlagzeile entziffern: „Nächtliche Grabschändung auf dem Zentralfriedhof". Ein sinniger Titel für das, was sie gerade hier taten. Aber auch sein Freund Stranzl nutzte die Wartezeit und telefonierte fast pausenlos.

Nach einer Stunde sahen sie den Sargdeckel. Die Arbeiter verschwanden und kamen mit einem kleinen Hebekran wieder, mit dem sie den Sarg aus der Grube hoben. Als er neben dem Grab abgestellt worden war, fragte der Ältere der Beiden Stranzl, ob er selbst öffnen wolle. Stranzl schüttelte den Kopf. Gschwendtner wusste warum. Sein Freund konnte keine verwesten Leichen sehen. Er vermied es auch, den Sezierraum der Gerichtsmedizin zu betreten, solange der Arzt noch an der Leiche herumschnippelte. Deshalb sagte Gschwendtner:

„Macht s schon auf.", was sich die beiden nicht zwei Mal sagen ließen.

An den geöffneten Sarg trat aber zunächst der Mediziner. Oberflächlich untersuchte er die Leiche und sagte dann zu den Kriminalbeamten:

„Wer von euch kann mir jetzt sagen, ob das der Koarl ist?"

Gschwendtner grinste und deutete auf Stranzl. „Er müsste ihn gekannt haben, immerhin war Koarl der Onkel seiner Frau."

Widerwillig warf Stranzl einen flüchtigen Blick in den Sarg. Die Leiche sah ja noch ganz manierlich aus für die Zeit, in der sie schon dort drinnen lag. Er hatte sich schon ärgere

Tote anschauen müssen. Er nickte. Die beiden Arbeiter verschlossen den Sarg wieder und einer holte den Leichenwagen, mit dem sie ihn zum Eingang des Friedhofs rollten, wo schon das Auto des Leichenbestatters wartete. Gerade als die Heckklappe geschlossen wurde, kam der Arzt.

„Also ab damit in die Gerichtsmedizin nach St. Pölten und fahrt s mir vorsichtig, nicht dass mir der Kerl im Sarg noch wach wird."

Alle, mit Ausnahme von Stranzl, lachten.

„Doktor, wann kann ich mit einem Ergebnis rechnen?" wollte Gschwendtner wissen.

„Nach was soll ich denn suchen? Auch nach Rizin?"

„Kaum, nach einem anderen Gift halt."

„Naja, das kann dauern. Aber ihr habt s ein Jahr lang nicht wissen wollen, woran er gestorben ist, jetzt kommt s auf eine paar Tage mehr auch nicht an."

Damit stieg der Arzt in seinen Wagen und fuhr davon.

„Jetzt brauch ich einen Schnaps", sagte Stranzl.

„Im Dienst?" wollte Gschwendtner wissen.

„Na was denn sonst, mir ist ja auch im Dienst schlecht geworden."

Der Jüngere der beiden Totengräber musste Stranzls Wunsch nach einem Schnaps gehört haben, denn er grinste, zog eine kleine Flasche Slivovits aus seiner Latzhose, wischte sie an der Lehm verschmutzen Hose sorgfältig ab und reichte sie Stranzl mit der Bemerkung:

„Bitte euer Gnaden, direkt von die Heimat Bosnien."

Und Stranzl genierte sich nicht, griff nach der Flasche, schraubte sie auf, wischte die Öffnung mit dem Daumen ab und nahm einen großen Schluck. Als der Schnaps nach untern rann, verzerrte sich sein Gesicht und er rang nach Luft.

„Stoark, was is von Familie, aber gut. Nur Zwetschgen und Alkohol." Kommentierte der Totengräber.

„Na servas, noch zwei Schluck von dem und der Doktor findet bei meiner Obduktion nichts mehr Verwertbares im Magen", konnte Stranzl gerade noch sagen, ehe ihm ein Hustenanfall die Luft raubte.

Im Auto wurde Stranzl von dem Kollegen, der die Lagepläne bearbeitete, angerufen. Er hätte jetzt den Metalldetektor bekommen und sei auf dem Weg zum Weingarten. Er würde dort auf sie warten. Prima, dachte Gschwendtner, dann sparen wir uns einen Weg.

Bis zum Weingarten brauchten sie nur fünf Minuten. Dort warteten sie auf den Kollegen, der auch bald mit einem Kombi auftauchte. Begleitet wurde er von einem Feuerwerker des Entminungsdienstes. Die Kriminalbeamten schauten den Kollegen erstaunt an.

„Ist besser so, die Herrschaften vom Räumungsdienst können mit dem Gerät besser umgehen als ich."

Das war sicher umsichtig, denn das Bedienen eines Detektors gehört nicht zur Ausbildung eines Polizisten. Interessiert schauten sie dem Räumer zu, wie er vorsichtig mit dem tellerartigen Gerät über die bezeichnete Fläche fuhr. Genau dort, wo im Plan das Quadrat eingezeichnet war, suchten sie im Weingarten zentimeterweise den Boden ab. Schon bald begann das Sonar zu piepsen.

„OK graben wir einmal vorsichtig. Es kann nichts Großes sein, glaub nicht, dass es Munition ist", meinte der Räumer.

Und es war keine Munition, es waren verschieden große Metallstücke, total verrostet und an den Rändern ausgezackt.

„Typische Granatensplitter", kommentierte der Räumer, „wundert mich aber, denn von Kampfhandlungen hier in Lengenfeld war mir bisher nichts bekannt."

Die Suche brachte in der nächsten Stunde noch mehr dieser Granatsplitter ans Tageslicht. Außerhalb der im Plan markierten Stelle fanden sie nichts. Wieder schüttelte der Räumer seinen Kopf.

„Es sieht fast so aus, als sei hier eine einzelne Granate eingeschlagen. War wahrscheinlich ein Fehlschuss".

Mit ihrer Buddelei hatten sie inzwischen eine Fläche von ca. fünf mal fünf Meter mit einer Tiefe von einem Meter ausgehoben. Nachdem das Gerät nichts mehr anzeigte, wollte der Räumer aufhören und den Detektor verstauen.

„Sagen Sie, kann man das Gerät auch noch feiner einstellen?" wollte Stranzl wissen.

„Sicher"

„Warum willst du das wissen?" fragte ihn Gschwendtner.

„Wenn darunter ein Hohlraum sein sollte, wäre ja denkbar, dass das Quadrat ein Weingartenhaus darstellen sollte. Dann gibt es vielleicht eine Tür, die Metall enthält."

„Verstehe, dann kriegen wir vielleicht die Genehmigung für das Ultraschallgerät".

„Genau"

Jetzt fuhr der Räumer noch langsamer über den Erdboden. Die Wintersonne brannte aus einem tiefblauen Himmel auf die Beamten herunter. Sie hatten schon vor längerer Zeit ihre Jacken abgelegt, die Krawatten abgebunden. Obwohl sie nicht mehr so wärmte wie im Sommer, rann ihnen der Schweiß den Rücken hinunter. Plötzlich hielt der Räumer inne und fuhr mehrmals über die gleiche Stelle. Er setzte den Kopfhörer ab und reichte ihn Stranzl.

„Herr Oberst hören sie selbst. Dort unten, ca. eineinhalb Meter tiefer ist etwas Metallisches."

Stranzl stülpte sich den Kopfhörer über die Ohren und der Räumer bewegte den Detektor vorsichtig ein paar Zentimeter hin und her. Tatsächlich ein leises Piepsen war hörbar. Nicht der gleiche helle und laute Ton wie bei den Granatsplittern.

„Was kann das sein?" wollte der Oberst wissen.

„Keine Ahnung, aber Munition ist es nicht, die klingt anders."

Sie markierten die Stelle mit einem Stock, den sie in die Erde trieben. Danach sperrten sie das Areal mit den rot weißen Polizeibändern ab.

„Wir werden versuchen, ein Gerät zu bekommen, mit dem man Hohlräume auffinden kann", entschied der Oberst.

Es dauerte noch eine Weile, bis sie startklar waren. Dann stiegen sie in ihre Autos und fuhren nach St. Pölten. Hätten sie sich die Mühe gemacht, die Umgebung sorgfältiger zu beobachten, dann wären ihnen die Männer in einigen hundert Metern Entfernung aufgefallen, die sie die ganze Zeit mit starken Ferngläsern beobachtet hatten.

Mitte Dezember 2010, ein nächtlicher Knall

Am Vorabend trank der Revierinspektor von Langenlois an einem der Adventsstände im Ort einige Gläser Punsch zu viel, weil er am nächsten Tag dienstfrei hatte. Jetzt schlief er seinen Rausch aus. Um fünf Uhr in der Früh riss ihn das Telefon aus dem unruhigen Schlaf. Es läutete lange bis er richtig wach war, um zu registrieren, dass es das Telefon war und nicht die Glocken vom Stephansdom. Denn von diesem hatte er gerade geträumt. Es dauerte noch eine weitere Weile, bis er begriff, was der Anrufer ihm gerade erzählt hatte. Es war eine unglaubliche Geschichte und deshalb fragte er sicherheitshalber noch einmal nach.

„Also jetzt erzählen S mir noch mal ganz langsam, es ist immerhin noch Nacht, was passiert ist."

Es war eine Dame am anderen Ende der Leitung, das nahm er jedenfalls an, denn die Stimme war zu hoch für die eines Mannes. Den Namen hatte er zwar zweimal nachgefragt, aber wegen des Restalkohols gleich wieder vergessen. Die Stimme erzählte ihm jetzt zum zweiten Mal folgendes:

„Bei uns hier in Lengenfeld ist gerade eben was in die Luft geflogen. Um halb fünf herum gab es einen mordsmäßigen Knall. Ich kann so schlecht schlafen, deshalb war ich schon aufgestanden. Gerade vor meinem Küchenfenster schoss eine

Feuersäule in den Himmel, dann ein Knall, die Scheiben haben gescheppert. Dann ist ein Auto weggefahren. Ich hab mich gar nicht raus getraut. Erst nach einer Viertelstund`. Draußen stinkt s nach Pulver."

Der Revierinspektor ließ sich die Örtlichkeit genau beschreiben. In Hausschlapfen schlurfte er die Treppen ins Polizeirevier hinunter. Auf der Ortskarte von Lengenfeld suchte er die Stelle, wo der nächtliche Anrufer die Explosion gesehen haben wollte. Wenn seine Karte nicht überaltert war, dann gab es dort nur Weinberge und keine Häuser. Sollte er die Einsatzzentrale in Krems informieren? Was, wenn das eine besoffene Geschichte war, ein Streich, den sich Jugendliche ausgedacht hatten?

Er beschloss, sich wieder ins Bett zu legen. Später wenn sein Kollege zum Dienst erscheinen würde, konnte der hinfahren und nachschauen. „Das hat man nun davon, wenn die umliegenden Polizeireviere nachts nicht mehr besetzt werden und alle Anrufe hier bei mir landen", raunzte er, ehe er sich wieder nieder legte. Gerade als er das Licht löschen wollte, läutete das Telefon erneut.

„Herr Inspektor, kommen S schnell, hier is was passiert!"

„ Wo und was?"

„In Lengenfeld, am Ortseingang, wenn S von der B17 kommen. Da ist etwas explodiert, ein Riesenloch und daneben ein Toter."

„Wo genau ist das?"

„Neben der Landstraße, ungefähr zweihundert Meter vor den ersten Häusern."

„Wo sind Sie?“

„Ich steh an dem Loch und mindestens zehn Leute mit mir. Der Knall hat das ganze Dorf aufgeweckt“.

Es war nicht die gleiche Stimme, die ihn aus dem Schlaf gerissen hatte. Wenn es ein Scherz war, dann ein guter, dachte er. Er alarmierte die Einsatzzentrale. Kaum hatte er aufgelegt, meldete sich die Feuerwehr. Sie war gerade am Explosionsort angekommen und bestätigte, was der Inspektor schon wusste. Sie hatten die Leute vom Tatort gedrängt und das Gelände weiträumig abgesperrt.

Gegen sieben Uhr informierte die Einsatzzentrale in Krems das LKA in St. Pölten. Für ungeklärte Explosionen war Gott sei Dank das LKA zuständig. Weil es einen Toten gab, fand Gschwendtner um acht Uhr, als er sein Büro betrat, eine kurze Notiz in seinem Computer. Er hatte schon den Hörer in der Hand, um von der Einsatzzentrale in Krems Details zu erfahren, als er stutzte. Den Fundort der Leiche kannte er. Dort hatten sie doch gestern gesucht und nichts außer Kriegsschrott gefunden. Stranzl war noch nicht im Büro und so legte er ihm einen Zettel auf den Schreibtisch, stürzte zu seinem Auto und fuhr zum Explosionsort.

Unterwegs dachte er: „sonderbar, wir hatten dort gestern mit dem Minenräumdienst gesucht und nur ein schwaches Metallsignal erhalten. Unmöglich eine Bombe oder eine Granate, da war sich der Feuerwerker sicher. Da musste jemand gesprengt haben, sonst wäre der Tote auch nicht zu erklären“. Über Funk versuchte der Hauptmann herauszufinden, wer der Tote war. Die Explosion hätte sein Gesicht zerfetzt, keiner der Dorfbewohner kenne ihn. Gschwendtner hatte Erfahrungen genug, um zu wissen, dass sich Laien stark entstellte Leichen nie genau ansahen.

Inzwischen näherte er sich dem Tatort. Eine große Menschenmenge stand in respektablem Abstand drum herum. Die Reste der Polizeiabsperrung vom Vortag lagen im Graben neben dem Fahrweg. Sie muss dort hingeschleudert worden sein, dachte der Hauptmann, seine Beamten hätten sie ordentlicher hin gelegt.

Der Inspektor des Streifenwagens führte Gschwendtner zum Krater. Die Umrisse des gestern ausgehobenen Quadrats waren noch gut erkennbar. Nur in der Mitte hatte eine Explosion ein Loch von ungefähr zwei mal zwei Metern gerissen. Reste einer Eisentür ragten aus dem herausgeschleuderten Erdreich. In der Mitte wurde eine Steintreppe sichtbar, die irgendwo hin in die Tiefe führte. Niemand hatte sich bisher getraut, diese Treppe hinab zusteigen. Der Inspektor reichte dem Hauptmann eine starke Stablaterne, aber auch damit war nicht zu erkennen, wie die freigelegte Höhle weiter verlief. Viele Fußspuren führten sowohl in das Loch als auch heraus.

„Sagen sie, Herr Kollege, waren die Fußspuren schon da, als sie hier ankamen?“

„Ja“

„Ist wer von den Dorfbewohnern in die Grube gestiegen?“

„Nein, ich hab sie alle befragt, als ich ankam.“

Gschwendtner rief die Spurensuche und den Minenräumdienst an. Zuerst musste festgestellt werden, ob noch mehr Munition in der Erde steckte. Er war sich ziemlich sicher, dass hier niemand gesprengt hatte, sondern etwas explodiert war. Während er auf den Entminungsdienst wartete, schaute er sich den Toten genauer an. Er hatte das Gefühl, ihn zu kennen. Ein grausliches Bild. Der halbe Kopf war weggerissen, ebenso die Hände bis zu den Ellenbogen. Im Brustkorb steckten Splitter. Den Anzug und die Schuhe kannte er, nur fiel ihm nicht ein, woher. Ihm war klar, da war etwas explodiert, als sich der Tote über den Sprengkörper gebeugt hatte.

Schon von weitem hörte Gschwendtner das Signal des Entminungsdienstes. Die Beamten hatten Stranzl mitgebracht. Als erstes ließen die Sprengmeister die Explosionsstelle räumen. Wenn noch etwas in der Erde steckte und in die Luft flog, wollte niemand Verletzte riskieren. Die Polizisten aus Krems erledigten das professionell und trotz der Neugierde der inzwischen zahlreich erschienenen Dorfbewohner. Dann packten die Mienenräumer Prüfgeräte aus und untersuchten den Krater und das Erdreich, das drum herum lag. Der Chef der Truppe erklärte den beiden LKA Beamten:

„Also, ohne einer genaueren Untersuchung vorgreifen zu wollen, das ganze sieht nach einer Landmine aus. So wie die Leiche zugerichtet ist, kann es nichts anderes gewesen sein. Draufgetreten ist der Tote auch nicht, sonst wären seine Beine weg. Da es Arme und Kopf sind, muss er die Mine mit den Händen ausgelöst haben."

Der Oberst und der Hauptmann nickten zur Bestätigung. Das hatten sie sich auch gedacht. Der Entminer fuhr fort:

„Wenn ich einmal unterstelle, dass der Tote nicht im Suff mit den Händen in der Erde gebuddelt hat, sondern mit einem Spaten gegraben hat, dann muss er die dort in der Erde steckende Stahltür freigelegt und sie zu öffnen versucht haben."

„Woher wollen Sie das wissen?" fragte der Hauptmann.

„Hätte er sie geöffnet und hätte dann die Mine angefasst, dann wäre die Tür nicht verbeult worden. Ich nehme an, das war eine Sprengfalle. Eine Mine war so unter der Tür angebracht, dass sie hoch ging, als man die Tür zu öffnen versuchte."

Jetzt ließ Stranzl wieder seinen berühmten Pfiff hören. Der Entminungschef schaute ihn erstaunt an. Er kannte Stranzl nicht und somit auch nicht dessen Pfiff.

„Sagen Sie, kann eine Sprengfalle noch scharf sein, solange nach dem Krieg?"

„Wie kommen sie darauf, dass die Mine solange unter der Erde lag?"

„Wir haben an dieser Stelle gestern nach einem Kleinen Haus gesucht, das auf einer alten Karte vor 1945 eingezeichnet worden war. Die Grabungsarbeiten sind von uns."

„Da hatten Sie Glück, dass nicht Sie die Metalltür gefunden und geöffnet haben."

„Das stimmt, da hatten wir Massel."

Stranzl zog Gschwendtner zur Seite und sagte ihm leise.

„Fritz ich glaube, wir sind da einer alten Geschichte auf die Spur gekommen. Wer immer die Karte damals anfertigte, hat etwas unter der damals hier existierenden Hütte versteckt. Es muss viel wert gewesen sein, sonst hätte er nicht die Tür mit einer Mine gesichert. Wahrscheinlich wusste er auch, wie er die Sprengfalle wieder entschärfen konnte, aber er lebt sicher nicht mehr."

„Aber woher weiß oder wissen die Täter von dem vergrabenen Schatz?"

„Ich nehme an, jemand der von dem Versteck wusste, hat es Ihnen erzählt, nur eben nichts von der Falle."

Sie wurden vom Chef des Entminungsdienstes unterbrochen. „Es gibt keine Sprengkörper mehr. Sie können jetzt die Höhle, oder wohin immer die Stufen hinführen, betreten. Aber achten Sie darauf, der Hohlraum könnte durch die Wucht der Detonation baufällig geworden sein."

Der alte Weinkeller

„Da könnte er Recht haben“, meinte Stranzl, „lassen wir erst die Feuerwehr reingehen.“

Der Feuerwehrkommandant war auch nicht begeistert und suchte einen Freiwilligen, wie immer in heiklen Situationen. Es dauerte eine Weile bis sich einer fand und bis sie sich einig waren, wie sie ihren mutigen Kollegen sichern konnten. Stranzl hatte Zweifel, ob das im Notfall funktionieren würde, was er da sah. Sie hatten dem Freiwilligen ein Seil um die Hüfte gebunden und ein Zweiter sicherte ihn, in dem er zehn Meter hinter dem Kameraden die Treppe hinuntergehen sollte. Der Oberst instruierte den Feuerwehrmann:

„Also gehen Sie rein und schauen, ob die Höhle sicher ist. Fassen Sie nichts an. Wenn Sie zweifeln, ob etwas einstürzen könnte, kehren Sie um und kommen sofort wieder zurück. Kein falscher Heldenmut, bitte.“

Der Mann war bleich im Gesicht, aber er nickte. Wahrscheinlich war er sich erst jetzt der Gefährlichkeit des Einsatzes bewusst. Vorsichtig stieg er die ersten Stufen hinab und leuchtete mit seiner Handlampe in die Höhle. Dann kam er wieder zurück.

„Das ist ein Keller mit einem Ziegelgewölbe. Ich konnte bis an die hintere Wand sehen. Der Keller ist nicht groß. Eingestürzt ist nichts.“

Gschwendtner nahm ihm die Lampe aus der Hand und stieg hinab. Das Tonnengewölbe über ihm schien unbeschädigt. Am Boden lagen die Reste zusammengebrochener Flaschenregale und dazwischen die Scherben von zerbrochenen Flaschen. Im Staub am Boden waren deutliche Fußabdrücke zu sehen. Frische Abdrücke. Jemand musste nach der Explosion in den Keller eingestiegen sein, denn die Spuren führten sowohl hinein als auch wieder heraus

Der Hauptmann ging vorsichtig wieder zurück und winkte einen Beamten der Spurensicherung zu sich.

„Nehmen Sie zuerst die Abdrücke auf, ehe wir ihnen alles zertrampeln und dann kommen sie wieder heraus."

Als er zu seinem Freund Stranzl trat, läutete sein Telefon. Er hörte aufmerksam zu und als das Gespräch zu Ende war, sagte er zu Stranzl.

„Jetzt wissen wir, wer der Tote ist. Der Leichenbestatter hat ihn wiedererkannt.

Es ist der ältere Sohn vom Josef."

Stranzl lies seinen Pfiff hören. Nach einer halben Stunde gab die Spurensuche den Keller frei. Die beiden LKA Beamten stiegen vorsichtig die Treppe hinab. Hinten an der Kellerwand musste etwas gelegen haben, denn das alte Weinregal war weggerissen worden. Die Trümmer waren fast ohne Staub. Am Boden war ein staubfreier Fleck von etwa siebzig mal vierzig Zentimeter sichtbar. Jemand hatte es eilig, das dort Verborgene wegzuschaffen. Gschwendtner erinnerte sich an die erste Zeugin, die den Revierinspektor nachts aus dem Bett geholt hatte. Sie sprach von einem sich rasch entfernenden Wagengeräusch.

Mit einer Latte von den Regaltrümmern stocherte der Hauptmann in dem Holzhaufen links von dem staubfreien Fleck. Plötzlich stieß er auf etwas Hartes. Er räumte die Regalreste weg und vor ihnen stand eine Kiste. Soweit der Schmutz es zu lies, konnte er erkennen, es war eine Holzkiste in den Maßen des staubfreien Flecks. Gschwendtner ging zurück und holte einen der Minenräumer.

„Können Sie feststellen, ob in der Kiste etwas Explosives ist?“

Der Mann nickte und kam nach fünf Minuten mit einem Gerät zurück, das sie vom Vortag kannten. Der Metalldetektor schlug nur geringfügig aus.

„Das, was da leicht piept sind die Beschläge der Kiste, die aus Metall sind.“

Er hob die Kisten an.

„Ist ganz schön schwer“ und trug sie raus. Oben auf der Treppe wichten sie den Staub vorsichtig weg. Die Kiste war stahlgrau. Der eingravierte Schriftzug lautete:

Magyar Nemzeti Bank

Als sie die Kiste vorsichtig öffneten, staunten sie nicht schlecht. Es glänzten ihnen drei Goldbarren entgegen. Alle drei trugen eine Punzierung, die der Inschrift auf der Kiste glich.

Ein Mitarbeiter der Spusi, welcher die Kiste und die Barren nach Fingerabdrücken untersuchen sollte, hatte einen ungarischen Familienhintergrund. Er klärte die LKA Beamten auf. Magyar Nemzeti Bank heißt Ungarische Nationalbank.

„Jetzt wissen wir, was die Unbekannten gesucht haben", sagte Stranzl. „Die Kiste haben sie in der Eile übersehen."

„Wahrscheinlich wussten sie gar nicht, wie viele Kisten da im Keller lagen."

Die Kiste wurde zur weiteren Untersuchung nach St. Pölten gebracht. Die beiden LKA Beamten fuhren zum Haus von Josef, um mit dem jüngeren Sohn zu reden. Sie hatten sich schon gewundert, dass der nicht unter den Dorfbewohnern stand, denn das ganze Dorf Lengenfeld war am Tatort versammelt. Sie klingelten, aber niemand öffnete. Das Hoftor war unverschlossen. Vorsichtig näherten sie sich dem Wohnhaus. Die Haustür stand sperrangelweit offen. Sie riefen nach dem Sohn, aber niemand antwortete. Die Lampen im Flur und in einem Zimmer weiter hinten brannten, obwohl es jetzt taghell war. Die beiden Beamten zogen ihre Pistolen und entsicherten sie. Vorsichtig betraten sie den Flur und sicherten jeden Raum, der vom Flur aus zugänglich war. Aber alle Räume waren leer. Der letzte Raum, in dem noch das Licht brannte, war ein Schlafzimmer. Sein Bewohner hatte den Raum schnell verlassen. Kleider lagen auf dem Bett und dem Boden. Das Bett war benutzt worden. Am Anhänger eines Koffers, der auf dem Kleiderkasten lag, erkannte Gschwendtner, dass sie offensichtlich im Schlafzimmer des Jüngeren waren.

„Also es sieht aus, als ob der Vogel schnell aus seinem Bau geflogen wäre", meinte Stranzl.

„Oder aus dem Nest mitgenommen wurde", entgegnete Gschwendtner.

Sie durchsuchten das Haus und die Garage. Sein Auto stand noch dort. Der Motor war kalt. Sie telefonierten mit der Spurensicherung und als die Beamten eintrafen, fuhren sie in Gschwendtners Auto nach St. Pölten zurück.

„Also lass uns rekapitulieren, was wir wissen", sagte Stranzl. „Irgendwer hat dort, wo laut unserer Zeichnung etwas sein sollte, ein Keller, wie wir zwischenzeitlich wissen, Goldbarren der Ungarischen Nationalbank versteckt."

„Stimmt. Wann?"

„Wahrscheinlich kurz vor Kriegsende."

„Wieso".

„Na später hätte es keinen Sinn mehr gemacht. In der Nachkriegszeit hätte er mit dem Gold viel anfangen können. Muss also früher gewesen sein."

„Gut, aber was hat der Josef damit zu tun?"

„Keine Ahnung. Wahrscheinlich nichts. Wenn sein Vater die Barren verbuddelt hätte, dann hätte er es ihm gesagt und mit Sicherheit vor der Sprengfalle gewarnt. Wahrscheinlich hätte Josef die Barren schon früher aus dem Keller geholt."

„Außerdem, wer hätte ihn umbringen sollen?

„Das auch. Aber spannender ist die Frage, wie sind die Täter, ich glaube, es waren wegen des Gewichts mehrere, an die Barren gekommen? Was ist mit der Hütte passiert, die zweifelsohne über dem Keller stand? Wurde sie abgerissen, damit niemand den Keller finden konnte?"

„Aber es muss jemand von Lengenfeld dabei gewesen sein, denn warum hätten Fremde die Barren hier vergraben sollen?"

„Du hast Recht, wir müssen uns um die Geschichte der Goldbarren kümmern, nur so kommen wir an unseren Täter."

Als sie in St. Pölten angekommen waren, verabredeten sie sich für den nächsten Vormittag. Auf dem Weg in sein Büro drehte sich Stranzl nach wenigen Schritten nochmals um und rief:

„Sag Fritz, gibt es schon einen Befund, an was der Koarl eigentlich gestorben ist?"

„Verdammt, den hab ich total vergessen. Ich kümmere mich gleich darum und ruf dich an."

In seinem Büro angekommen, suchte Gschwendtner vergeblich nach einem Bericht vom Gerichtsmediziner. Auf seinem Computer fand er eine Notiz:

„ Rufen Sie mich bitte zurück wegen der ausgegrabenen Leich. Gruß Dr. Zürner."

Die Mail war schon drei Tage alt. Er rief den Gerichtsmediziner an und der reagierte ärgerlich.

„Seit Tagen warte ich auf Ihren Rückruf. Das Ergebnis meiner Untersuchungen scheint nicht mehr wichtig zu sein, denke ich."

„Tut mir leid, aber in der Zwischenzeit ist uns der Fall im wörtlichen Sinn um die Ohren geflogen. Sie werden in den nächsten Minuten eine neue Leiche kriegen, bzw. das, was von ihr noch übrig ist."

„Supper, ihr sorgt wenigstens dafür, dass mir nicht fad wird. Aber zur Leiche Koarl.

An Rizin ist er nicht gestorben."

„Aha, an was dann?"

„Auch nicht am Herzinfarkt. Er wurde vergiftet!"

Gschwendtner blieb zunächst stumm. Er dachte weniger daran, welche Auswirkungen das auf seinen Fall hatte, als daran, wie die Nachricht auf Stranzls Frau wirken musste.

„Was ist Hauptmann, hat es Ihnen die Sprache verschlagen?"

„Nein, entschuldigen Sie. An welchem Gift ist er denn gestorben?"

„Also so genau kann ich das heute nicht mehr feststellen, ist schon eine längere Zeit vergangen. Einige Substanzen haben sich schon vertschüsst vor allem der Mageninhalt. Aber ich habe Verätzungen in der Speiseröhre und am Mageneingang festgestellt, außerdem einen Rest von Glykosid."

„OK und was soll mir das sagen?"

„Die Verätzungen könnten von einer Dieffenbachia und das Glykosid vom Oleander stammen. Beides führt zu Herzrhythmusstörungen und bei älteren Menschen zum Tod."

„Stimmt also doch ein Herzinfarkt"

„Schon, aber den kriegen Sie nicht durch Fremdverschulden."

„Doktor, haben Sie eine Idee, wie er den Cocktail zu sich genommen hat?"

„Wahrscheinlich hat ihm jemand einen Tee gebraut mit Blättern beider Pflanzen. Um ihn umzubringen, brauchen Sie viele Blätter und die schmecken bitter. Also muss der Tee ein starkes Aroma gehabt haben, damit man das nicht rausschmeckt. Der oder die Täter mussten sicher gehen, dass er den Tee auch ganz trinkt."

„Das macht Sinn, denn an dem Tag im Weingarten war es kalt und der Koarl war sicher nicht abgeneigt, einen heißen Tee mit viel Rum mitzunehmen und zu trinken."

„Also ist seine Haushälterin die Person, die als Täter in Frage kommt."

„Stimmt, denn sie ist verschwunden. Aber was nicht passt, ist das Motiv."

„Na dafür bin ich Gott sei Dank nicht zuständig."

Dr. Zürner versprach den schriftlichen Bericht noch am gleichen Tag zu schicken.

Gschwendtner rief Stranzl an und informierte ihn darüber, was ihm der Gerichtsmediziner erzählt hatte.

„Tut mir leid für deine Frau. Aber wie es aussieht, haben wir zwei Täter und die Fälle hängen nicht zusammen."

„Zwei Täter ja, aber wenn es die Haushälterin war, was hatte sie für ein Motiv? Habsucht kann ich mir nicht vorstellen und wenn sie sich rächen wollte, dann frage ich mich für was?"

„Du meinst, die beiden Fälle könnten doch zusammenhängen?"

„Vermute ich, denn das würde auch ihr plötzliches Verschwinden erklären."

Das Gold der ungarischen Nationalbank

Am nächsten Morgen wurden die gefundenen Goldbarren fotografiert und der Reinheitsgrad des Goldes bestimmt. Bis die Ergebnisse vorlagen, nutzte er die Zeit für ein Telefonat mit der ungarischen Bundespolizei in Budapest. Es dauerte länger und brauchte viele Weiterleitungen, bis er endlich mit dem General der Bundespolizei verbunden wurde, der sich für Verbrechen im Zusammenhang mit der Nationalbank zuständig erklärte. Erfreulicherweise sprach der Beamte deutsch wie viele Ungarn.

„Herr Kollege, was hat das Landeskriminalamt für Niederösterreich mit der Nationalbank zu tun? Haben Sie gefälschte Forint gefunden?"

„Nein, wer fälscht schon ungarische Forint", lachte Stranzl, „ich weiß auch nicht, ob Sie mir weiterhelfen können. Aber vermissen Sie Gold?"

Es blieb still in der Leitung. Stranzl dachte schon, die Telefonverbindung sei abgerissen. Aber nach einem „Hallo sind Sie noch da", meldete sich der General wieder.

„Sie überraschen mich mit dieser Frage. Ehrlich gesagt, ich weiß es nicht. Jedenfalls habe ich bis heute angenommen, unsere Goldreserven wären so gut gesichert, dass man sie nicht so ohne Weiteres stehlen kann."

„Ich glaube, das Gold, das wir gestern gefunden haben, wurde Ihnen im letzten Weltkrieg gestohlen."

Wieder schwieg der General eine Weile. Als er sich wieder meldete, erzählte ihm Stranzl den gesamten Fall und schloss mit der Frage:

„Sind Sie dafür auf der ungarischen Seite zuständig?"

„Ich glaube schon. Schicken Sie mir bitte die Fotos und die Punzierung elektronisch, damit wir überprüfen können, ob es sich wirklich um Gold der ungarischen Nationalbank handelt. Außerdem suche ich ein wenig in der Vergangenheit. Sobald ich mehr weiß, melde ich mich wieder."

Stranzl hörte erst Anfang Januar wieder vom ungarischen General. Normalerweise bringen Recherchen über Weihnachten und Neujahr nicht viel, weil die meisten Beamten im Urlaub sind. Trotzdem versuchte Gschwendtner die Adresse der polnischen Haushälterin herauszufinden. Elvira Stranzl konnte sich erinnern, dass sie aus der Umgebung von Krakau stammte. Nach vielen Telefonaten in Englisch, denn im Gegensatz zu den Ungarn sprachen die polnischen Kollegen kein deutsch, schien die Polizeidirektion in Krakau zuständig zu sein. Auch hier brachte erst der Mordverdacht an Koarl den Leiter der Direktion zum Handeln. Damit inzwischen weiter am Fall gearbeitet werden konnte, lief die Fandung nach Josefs jüngeren Sohn an. Niemand wusste, ob er geflüchtet oder gar verschleppt worden war.

Es war nach dem 6. Januar, als sich der ungarische Polizeigeneral wieder bei Stranzl meldete.

„Also Herr Kollege, Sie sind wirklich einem der spannendsten und ungelösten Fälle von Golddiebstahl in Ungarn auf die Spur gekommen. Ich schlage vor, Sie besuchen mich hier in Budapest, denn am Telefon können wir das nicht besprechen."

„Gut, ich besorge mir eine Reiseerlaubnis und bringe einen Kollegen mit."

Es war nicht leicht, den Chef des LKA zu überzeugen, dass eine Dienstreise nach Budapest notwendig sein sollte, aber schließlich sah er ein, dass der Fall sonst nicht zu klären war und immerhin gab es ja schon zwei oder vielleicht sogar drei Tote.

Stranzl und Gschwendtner fuhren drei Tage später mit der Bahn nach Budapest. Sie hatten noch die Anweisung ihres Chefs im Ohr „aber das Gold bleibt hier". Der Fahrer des Generals holte sie am Bahnhof ab und brachte sie unverzüglich in dessen Büro.

Der General, ein kleiner untersetzter Ungar mit grauen Haaren und einem schwarzen glänzenden Schnauzer unter der Nase, begrüßte sie herzlich und stellte sie zwei Herren vor. Der eine war Direktor der ungarischen Nationalbank und der andere ein Historiker der Universität, „ein Spezialist für Räubereien während des zweiten Weltkrieges" wie er in seinem breiten ungarischen Deutsch erklärte.

„Wann fahren Sie wieder nach Wien?", wollte er wissen.

„Mit dem Abendzug", antwortete Stranzl.

„Gut, dann sollten wir uns die Zeit für ein ausgiebiges Mittagessen nehmen. Wollen Sie vorher oder nachher über den Fall reden?“

„Ich denke vorher.“

„Gut. Herr Kowatsch wollen Sie beginnen?“ Damit wandte er sich an den Herr der Nationalbank.

„Also, das Gold stammt wirklich aus der Nationalbank, aber nicht aus der heutigen, sondern aus der alten.“

Er legte zu dem Foto, das Stranzl geschickt hatte, ein anderes Foto und erklärte, dass die Barren heute anders aussehen als die vor dem Krieg. Auch die Punzierung sei verschieden. Aber, und dabei zog er ein altes Dokument aus seiner Tasche, nach den alten Unterlagen handelt es sich eindeutig um Gold, wie es vor 1950 gegossen wurde. Die beiden LKA-Beamten konnten zwar das Dokument nicht lesen, weil beide nicht ungarisch sprachen, aber sie glaubten es. Die Echtheit hatten sie auch schon in St. Pölten festgestellt.

„Und wie ist das Gold aus der Bank verschwunden?“

Das erklärte ihnen der Historiker.

„Im Dezember 1944 wurde ein Zug mit Gold beladen, der heute unter dem Namen „The Gold Train“ bekannt ist. Die meisten Waggons enthielten Kisten mit dem Gold von 800.000 ungarischen Juden, das die Nazis konfisziert hatten. Aber in einem Wagen verstauten sie auch die noch vorhandenen Goldreserven der ungarischen Nationalbank. Der Zug stand unter dem Kommando eines Hauptmanns Toldi und wurde durch mehr als einhundert Pfeilkreuzler bewacht. Sie wissen, wer die Pfeilkreuzler waren?“

„Nein“, sagten die beiden LKA-Beamten.

„Die Pfeilkreuzler waren die bewaffnete Truppe der faschistischen Regierung, die nach dem Einmarsch der Nazis Anfang 1944 in Ungarn an die Macht kam. Sie können die Truppe mit der SS vergleichen. Sie war genau so skrupellos und brutal wie die diese."

„Diese sogenannten Soldaten bewachten also den Zug. Wohin fuhr der?"

„Bei Sopron über die Grenze nach Österreich und von dort mit vielen unvorhergesehenen Stopps bis nach Tirol. Irgendwo unterwegs wurde der Waggon mit dem Gold der Nationalbank abgekoppelt. Als ihn die Engländer in Spital am Pyhrn fanden, fehlte ein gutes Drittel der Goldbarren. Sie sind bis heute nicht aufgetaucht."

„Bis auf die drei, die wir gefunden haben und die anderen, die unsere Täter bei Lengenfeld ausgebuddelt haben."

Jetzt mischte sich wieder der General in das Gespräch ein.

„Weil der Waggon unbewacht in einem Tunnel gefunden wurde, also keine ungarische Bewachung mehr vorhanden war, müssen die Räuber einen Teil der Ladung nach Lengenfeld verbracht und dort vergraben haben."

„Stimmt, es kann nicht anders gewesen sein. Ich vermute, es waren Soldaten der Wehrmacht mit Kontakten zur ungarischen Bewachung, sonst hätten sie nicht wissen können, was sich in dem Waggon befand", führte Stranzl aus. Alle nickten und so fuhr er fort:

„Mindestens einer musste in Lengenfeld gewohnt haben, denn warum sonst wären sie nach Osten, in Richtung russischer Front, gefahren, und hätten die Kisten im Keller des Weingartenhäuschens versteckt."

Gschwendtner ergänzte: „Wenn man die Zeit, Ende 1944, bedenkt, das Chaos, das auf den Straßen herrschte, die brisante Ladung und die ständigen Kontrollen, die Tieffliegerangriffe, dann war es ein enormes Risiko, die Kisten mehrere Tage durch die Gegend zu fahren. Ich nehme deshalb an, dass es Angehörige einer SS Einheit gewesen sein mussten, denn nur die konnten sich einigermaßen frei im Land bewegen."

„Das klingt plausibel", meinte der General, „ich vermute sogar, dass sie von mindestem einem der ungarischen Wachmannschaft begleitet wurden, denn nur er konnte ihnen gesagt haben, dass das Gold mit der verräterischen Punzierung in den Kisten lag."

Beim späteren Mittagessen in einem von außen unscheinbaren Lokal in der Nähe des Polizeipräsidiums wurde das Gespräch bei einem abschließenden Barazs fortgesetzt.

Stranzl fasste zusammen:

„Von den damaligen Tätern dürfte aus biologischen Gründen keiner mehr leben. Ihr Wissen müssen sie also an ihre Nachkommen weitergegeben haben."

„Das glaube ich nicht", entgegnete Gschwendtner, „denn dann hätten die Täter von der Sprengfalle gewusst."

„Stimmt, dann muss es Aufzeichnungen gegeben haben, die in den Besitz der Täter gelangt sind. Ich teile die Ansicht, dass jemand vom ungarischen Wachpersonal dabei gewesen sein musste, denn im Dorf wurde ein Fahrzeug mit ungarischem Kennzeichen beobachtet, in das eines unserer Mordopfer eingestiegen ist."

„Gut versuchen wir, die SS-Spur in Lengenfeld weiter zu verfolgen. Es sollte nicht allzu schwer sein, herauszufinden, wer in Lengenfeld Mitglied der SS war."

„Wenn Sie unsere Hilfe brauchen, lassen Sie es mich wissen", sagte der General, „wenn es ungarische Täter waren, die jetzt auch im Besitz der Goldbarren sind, dann müssen sie diese Barren einschmelzen lassen. Wahrscheinlich hier im Land. Ich werde versuchen, das herauszufinden".

Februar 2011, die Suche in der Vergangenheit

Als Gschwendtner am Montag, den 7. Februar, sein Büro betrat, fand er den Ausdruck einer Mail an das LKA auf seinem Schreibtisch. Sie stammte aus Polen, genauer gesagt aus einer kleinen Stadt nahe bei Krakau. In Englisch stand dort:

> ➢Ihre Ansuchen an die Polizeidirektion in Krakau bezüglich einer Milena Michnik können wir Ihnen so beantworten: Frau Michnik lebt in einem Pflegeheim in Krakau in völliger Demenz <

Und dann folgte die genaue Adresse und das Versprechen, behilflich zu sein, falls gewünscht.

Gschwendtner rief Stranzl an und informierte ihn. Was sollten sie mit einer dementen Zeugin anfangen? Falls es überhaupt stimmte, was ihnen die Kollegen aus Polen mitteilten. Vielleicht war diese Milena gar nicht die Milena des Koarl? Am Abend erzählte Stranzl seiner Frau von der seltsamen Mail. Im Gegensatz zu ihm war sie weniger pessimistisch und meinte:

„Die Milena war schon etwas vergesslich. Du hast sie nicht gekannt. Ich könnte mir schon vorstellen, dass sie von ihren Verwandten zurückgeholt wurde, um sie in ihrer Heimat zu pflegen".

„Naja, mit der Mail bekomme ich nie die Erlaubnis, nach Polen zu reisen, um die Haushälterin zu vernehmen, falls sie es überhaupt ist. Und die polnischen Kollegen werden auch keine Vernehmung durchführen bei einer völlig dementen Frau".

„Aber ich könnte fahren, ganz privat. Ich kenn die Milena und vielleicht kann sie sich ja noch an etwas erinnern oder ihre Verwandten können es". Nach einer Weile fuhr sie fort: „Es lässt mir keine Ruhe, bis ich weiß, was mit meinem Onkel passiert ist."

Und so reiste Elvira Stranzl eine Woche später mit der Bahn nach Krakau, nicht ohne ihrem besorgten Mann versprochen zu haben, vorsichtig zu sein und ihn zur Hilfe zu rufen, ehe sie sich in Schwierigkeiten bringen würde. Sicherheitshalber informierte er seine Kollegen in Krakau vom Besuch seiner Frau und bat sie, ihr eventuell zu helfen. Wohl war ihm bei der Sache nicht. Es beruhigte ihn auch nicht, als sich Elvira meldete, sie sei gut in Krakau angekommen. Die Polizei habe sie am Bahnhof abgeholt und ihr auch ein Hotelzimmer gebucht. Die Beamten wollten sie am nächsten Vormittag zu dem Heim begleiten, in dem Milena untergebracht war.

Den ganzen Tag über fand der Oberst keine Ruhe und konnte sich nicht auf seine Arbeit konzentrieren. Da half es auch nicht, dass ihn Gschwendtner beruhigte, seiner Elvira würde sicher nichts passieren. Am Abend meldete sie sich wieder telefonisch.

„Also die Milena ist schon unsere Milena und das mit der Demenz ist schon arg. Sie hat mich gar nicht erkannt. Als ich ihr ein Foto von meinem Onkel zeigte, hat sie auf das Bild gespuckt und ihr Gesicht hat sich vor Hass verzogen. Sie muss ihn also erkannt haben. Irgendetwas muss da vorgefallen sein. Jedenfalls hat sie in Lengenfeld nie ein Wort gesagt, dass sie Koarl hasst. Im Gegenteil, wenn ich an ihr Lamento bei seiner Beerdigung denke".

„Was haben denn die polnischen Kollegen dazu gesagt?"

„Die haben auch gemeint, sie muss den Mann auf dem Foto erkannt haben. Vielleicht wissen die Söhne der Milena mehr. Die Polizei weiß, wo sie wohnen, und wollen mich morgen hinbringen".

„Sei vorsichtig und geh nicht ohne die Kollegen hin. Vielleicht kommt ihr an die privaten Dokumente von Milena heran".

Am nächsten späten Vormittag meldeten sich die Krakauer Kollegen anstatt Elvira bei Stranzl. Sie hätten die Söhne besucht und die seien absolut nicht kooperativ gewesen. Wenn das LKA über Erkenntnisse verfügte, die eine Hausdurchsuchung in Krakau rechtfertigten, dann möge Stranzl auf dem schnellsten Weg kommen, ehe wichtige Beweismittel vernichtet werden können. Stranzl besprach sich zuerst mit Gschwendtner und dann mit seinem Chef. Der Hauptmann meinte:

„Also wenn dein Chef dir keine Erlaubnis für die Reise gibt, dann nimm Urlaub und fahr hin. Ich habe so ein Gefühl, dass wir den Tod von Koarl nur dort und nicht hier aufklären können".

„Aber du weißt schon, dass ich eigentlich den Obduktionsbefund nicht mitnehmen darf, und das ist unser einziges Beweismittel, das wir haben".

„Dann nimm ihn halt ohne Genehmigung mit. Wenn die Milena ihn umgebracht hat, dann liefern die Polen sie nicht an uns aus und gegen eine demente Täterin wird kein Staatsanwalt in Europa ein Verfahren eröffnen. Aber für die Hausdurchsuchung reicht es. Bestätigt sich unser Verdacht, dann hat der Tod Koarls nichts mit Josefs Tod zu tun."

Irgendwie musste es Stranzl gelungen sein, seinen Chef zu überzeugen. Am nächsten Morgen flog er ganz offiziell von Wien nach Krakau. Die polnischen Kollegen holten ihn am Flughafen ab und hatten freundlicherweise Elvira mitgebracht.

„Damit Sie nicht erst ins Hotel fahren müssen, sondern wir gleich in das Dorf an der Peripherie von Krakau kommen, wegen der Durchsuchung."

„Sehr gut, aber brauchen wir bei Ihnen in Polen nicht dafür einen richterlichen Beschluss?"

„Ja, wie auch bei Ihnen. Nur haben wir uns den schon gestern besorgt. Wir müssen eine Kopie des Obduktionsbefunds morgen nachliefern. Den kann der Richter sowieso nicht lesen, muss erst übersetzt werden". Dabei grinsten die beiden Beamten.

„Das geht bei Ihnen aber schneller als bei uns“, meinte Stranzl.

Danach fuhren sie zu einem kleinen, schon etwas heruntergekommenen Haus. Hier lebte Milena bei einem ihrer Söhne, ehe sie ins Heim eingeliefert worden war. Elvira musste im Auto bleiben, was ihr gar nicht passte. Stranzl begleitete die polnischen Polizisten. Die Haustür öffnete sich schon, bevor jemand die Klingel drücken konnte. Ein Mann so um die fünfzig Jahre alt, volles graues Haar, mit Bauchansatz stand in der Tür. Das muss Milenas Sohn sein, dachte Stranzl, er sieht seiner Mutter sehr ähnlich. Die Polizisten redeten mit dem Mann, der seinen Kopf schüttelte und immer ärgerlicher reagierte. Das änderte sich auch nicht, als ihm die Beamten das richterliche Dokument zeigten. Stranzl verstand kein Wort, aber die Situation war für ihn eindeutig. Nachdem der Mann immer noch nicht die Tür freigab, packte ihn einer der Beamten, drehte ihn mit einem Griff um, sodass er mit dem Gesicht zur Wand zu stehen kam und blitzschnell schlossen die Handschellen seine Hände auf dem Rücken ein. Als Stranzl an ihm vorbeiging, spuckte ihm der Sohn vor die Füße.

„Ich entschuldige mich für ihn“, sagte der eine Beamte, „er hasst die Deutschen.“

Naja dachte Stranzl, was für ein Glück, dass ich Österreicher bin. Die Frau des Sohnes war durch die Reaktion der polnischen Polizei sehr verschreckt. Sie zeigte ihnen bereitwillig das Zimmer ihrer Schwiegermutter. Es war ein ärmliches Zimmerchen mit einem Bett, einem Kasten, einem kleinen Tisch und zwei Stühlen. Über dem Tisch hing eine Fotografie vom polnischen Papst. Die Schublade beinhaltete nur eine paar Seiten leeres Schreibpapier. Im Kasten hingen ein Wintermantel, zwei Kleider und eine Kittelschürze, in der Lade darunter stapelten sich ein paar Bettbezüge und etwas Wäsche. Blieben nur noch die beiden neu aussehenden Koffer auf dem Kasten. Einer war leer, der andere verschlossen.

„Den nehmen wir mit“, sagte einer der Polizisten zur Schwiegertochter. Dann durchsuchten sie noch die Räumlichkeiten, die dem Sohn gehörten.

„Nach was suchen wir eigentlich?“, fragte der eine Beamte Stranzl.

„Nach Fotos und Dokumenten, und zwar solchen in deutscher Sprache“. In der Zwischenzeit hatte einer der Beamten den Koffer zum Auto gebracht. Elvira Stranzl erkannte den Koffer sofort. Es war der ihres Onkels. Er war mit einem Zahlenschloss versperrt.

Während die polnische Polizei im Haus vergeblich nach deutschen Dokumenten oder Fotos suchte, die irgendeinen Bezug zu Lengenfeld hatten, probierte Elvira verschiedene Zahlenkombinationen. Mit dem Geburtsdatum ihres Onkels hatte sie Glück. Die Riegel sprangen nach oben. Vorsichtig öffnete sie den Deckel. Oben auf lag eine Strickweste, die sie ihrem Onkel einmal zu Weihnachten geschenkt hatte. Darunter kamen einige alte Zeitungen zutage, dann eine Menge Fotografien und ganz unten am Boden ein Bündel Euroscheine in fünfziger Noten, schätzungsweise tausend Euro, vielleicht auch etwas mehr. Sie wollte sich gerade mit den Fotografien beschäftigen, als ihr Mann und die beiden polnischen Polizisten das Haus verließen.

„Wie hast du den Koffer aufbekommen?“, wollte der Oberst wissen.

„Mit dem Geburtsdatum vom Onkel.“

Dann packten sie den Koffer vorsichtig in den Kofferraum und durchsuchten alles gründlich. Die alten Zeitungen stammten aus den frühen fünfziger Jahren, die wollten sie sich im Hotel genauer anschauen. Auf den Fotos waren einige Bilder vom jugendlichen Koarl zu sehen, auffällig aber waren die Bilder, die SS Personal zeigten. Auf einer Aufnahme war ein SS-Soldat zu sehen, der Koarl sehr ähnlich sah. Es musste sich um Koarls Vater handeln, der Onkel war damals noch ein Kind.

Stranzl dachte, der Gschwendtner hat einen Riecher. Der hat so etwas erwartet.

Einer der beiden Polen wollte wissen, inwieweit das jetzt für Stranzl wichtig sei.

„Die Milena hat wahrscheinlich ihren Dienstherrn vergiftet. Aber warum, das wissen wir bis jetzt nicht. Einer der Gründe könnte in der Vergangenheit des Opfers zu finden sein. Wir sollten nochmals den Sohn befragen. Vor allem möchte ich wissen, ob einer seiner Verwandten Opfer der SS geworden war. Das würde auch erklären, warum er mir vor die Füße gespuckt hat“.

Also klingelten sie wieder Sturm, bis ihnen die Schwiegertochter öffnete, nicht ohne sie eine Weile warten zu lassen. Die Beamten herrschten sie recht barsch an und schließlich bequemte sie sich, ihren Mann zur Tür zu rufen. Später erzählten sie Stranzl, wie die Befragung verlaufen war.

„Haben Sie ein Foto ihres Vaters und ihres Großvaters?"

Der Sohn nickte.

„Holen Sie die Fotos!"

Der Sohn sagte seiner Frau, sie solle die Schachtel bringen. Es war so etwas wie ein Schuhkarton, der angefüllt mit Fotos war. Er suchte eine Weile und dann gab er dem Beamten zwei Bilder.

„Das ist der Mann von Milena", übersetzte er Stranzl. Das Foto zeigte einen etwa vierzig Jahre alten Mann.

„Lebt er noch und wenn nein, wann ist er gestorben?"

Der Polizist übersetzte die Frage.

„Er sagt 1979 und gestorben sei er an einem Herzinfarkt".

Das andere Foto zeigte einen etwa Mitte zwanzig Jahre alten Mann. Auf der Rückseite konnte Stranzl das Datum 1938 erkennen.

„Was ist mit ihm passiert? Wann ist er gestorben?"

Wieder erfolgte eine Diskussion in Polnisch, gespickt mit vielen Zischlauten. Mit geröteten Wangen übersetzte der Beamte.

„Er sagt 1945".

„Und was noch? Er hat doch mehr erzählt".

„Naja, er sagt, die Deutschen hätten ihn in ein KZ in Deutschland, irgendwo an der Donau, verschleppt und ihn dann erschossen".

„Woher weiß er das?“, wollte Stranzl wissen.

Wieder fragte der Pole seinen Landsmann. Wieder wurden viele Worte gewechselt. Stranzl ärgerte sich, dass er nichts verstand. Wieder übersetzte der Beamte knapp.

„Von seinem Onkel Mateusz. Der hat die Erschießung beobachtet.“

„Das verstehe ich jetzt noch weniger. Wenn die SS Häftlinge erschossen hat und zufällig Zeugen dabei waren, dann hat sie die auch erschossen“, und nach einer Pause, „bitte übersetzten Sie jetzt präzise, das ist wichtig. Wo hat der Onkel Mateusz was gesehen“.

Nach dem üblichen Prozedere eines längeren Dialogs wurde dann tatsächlich langsam und wörtlich übersetzt, das nahm Stranzl an:

„Also der Mateusz war Zwangsarbeiter auf einem Bauernhof in einem Dorf an der Donau. Genauer weiß er es nicht. Sein Bruder, der Vater der Milena, arbeitete in einem Lager nicht weit entfernt. Die Brüder haben sich in unbeobachteten Momenten am Lagerzaun getroffen. Mateusz konnte sich freier bewegen als sein Bruder Jakub. Dann sah er, wie fünf Männer der SS und ein anderer Soldat Jakub und fünf andere Häftlinge in einem LKW abholten und in einen Weinberg fuhren. Mateusz ist ihnen gefolgt. Dann sah er, wie Jakub und die anderen Kisten von dem LKW herunterhoben, und in ein kleines Haus tragen mussten. Als der LKW entladen war, wurde sein Bruder mit einem Genickschuss, so wie auch die anderen, getötet“.

Der polnische Polizist musste schlucken. Stranzl fragte ganz leise: „Und wie ging es weiter?“ Wieder begann Milenas Sohn zu erzählen: „Danach ging einer der SS Leute zusammen mit dem anderen Soldaten durch die Weinberge ins nächste Dorf. Mateusz folgte ihnen mit Abstand. Kaum waren sie über den kleinen Hügel gegangen, als zwei Granaten einschlugen, dort, wo der Mord geschah. Die beiden Deutschen drehten sich um, Mateusz warf sich auf den Boden. Dann rannten sie in ein Haus im Dorf. Einen Tag später kamen die Russen und befreiten Mateusz. Danach hat er sich das Dorf und die Hausnummer aufgeschrieben“.

„Wie hieß das Dorf und was war die Hausnummer?“

„Das weiß er nicht. Das hat ihm seine Mutter nie erzählt. Mateusz hatte ihr den Zettel gegeben und den Mord geschildert“.

Stranzl wusste genau, welches Dorf es war und in welchem Haus die beiden verschwunden waren. Trotzdem fragte er weiter:

„Was hat seine Mutter unternommen, nachdem sie das Schicksal ihres Vaters kannte“.

Wieder ging der Dialog hin und her. „Nichts hat sie unternommen. Als ihr Sohn alt genug war, hat sie ihm die Geschichte erzählt und den Auftrag gegeben, ihren Vater zu rächen, falls sie es nicht mehr könne“.

Stranzl war klar, wie die Geschichte weitergegangen ist. Als man aus Polen wieder ausreisen konnte, hat sich Milena auf den Weg nach Lengenfeld gemacht und das Haus vom Koarl gefunden. Sie musste damit rechnen, dass der Mörder ihres

Vaters nicht mehr lebte. Aber der Sohn tat es. Später muss sie die Fotografie von Koarls Vater als SS-Mann gesehen haben, die er irgendwo im Haus aufbewahrt hatte. Dann musste in ihr der Gedanke gereift sein, aus Rache den Sohn des Mörders umzubringen.

Stranzl bat die beiden Kollegen, das Verhör aufzunehmen und ihm eine Abschrift des Protokolls in Polnisch zu schicken. Er würde es in Deutsch übersetzten lassen und zu den Akten legen. Weitere Maßnahmen schienen ihm nicht erforderlich zu sein. Die polnische Polizei hatte auch nichts dagegen, dass er den Koffer mitsamt dem Inhalt mitnehmen würde. Er stamme ja aus Österreich. Milena musste ihn bei ihrer plötzlichen Abreise mitgenommen haben. Nur wollten sie vorher ein Inventarverzeichnis anlegen. Stranzl half ihnen dabei. Es war spät am Abend, als er mit seiner Frau im Hotel ankam. Sie unterhielten sich lange über die toten Verwandten.

„Ich hatte keine Ahnung, dass mein Großvater eine solche Vergangenheit hatte. Als er starb, war er schon achtzig Jahre alt. Vom Krieg hatte er nie etwas erzählt, weder meiner Mutter noch mir. Ob er Koarl etwas erzählt hat? Ich könnte mir das schon denken, weil er zu diesem Sohn ein besonderes Verhältnis hatte. Er hat ihm ja auch nicht umsonst die Weingärten vermacht. Zu meiner Mutter, der Jüngsten seiner Kinder, war das Verhältnis eher abgekühlt".

„Hattest du ein gutes Verhältnis zu deinem Großvater?"

„Eher nicht. Meine Mutter hat in eine streng katholische Familie geheiratet und mit der Kirche hatte es Großvater nicht besonders, was ich jetzt verstehen kann“.

„In jedem Fall gab es zwei Überlebende nach dem Massaker an den Häftlingen. Dein Großvater und ein fremder Soldat, offensichtlich keiner von der SS. Sie müssen desertiert sein, nachdem sie die Goldbarren eingelagert und die Häftlinge getötet hatten. Was mit den anderen SS Leuten passiert ist, wissen wir nicht. Bei den Granateinschlägen, von denen Milenas Sohn berichtete, muss es sich um russischen Beschuss gehandelt haben. Wahrscheinlich ist dabei auch das Weingartenhaus zerstört worden. Die Splitter haben wir bei unserer Buddelei gefunden“.

Den Kofferinhalt hatte das Ehepaar Stranzl nicht mehr untersucht. Das wollten sie in St. Pölten tun. Gegen Mittag des nächsten Tages fuhren beide mit dem Zug nach Hause, nachdem sie vorher noch das Protokoll bei der Polizei abgeholt hatten.

Spurensuche zweiter Teil

Einen Tag später saßen Stranzl und Gschwendtner über dem Kofferinhalt des verstorbenen Koarl. Durch das Foto wussten sie, dass Koarls Vater während des Krieges bei der Waffen SS war. Außerdem zweifelten beide nicht daran, dass die Goldbarren von ihm und einer unbekannten Anzahl Kameraden im Weingartenhaus versteckt worden waren. Für den Mord an den polnischen Häftlingen gab es einen Augenzeugen, auch wenn er verstorben war. Wer waren die anderen? Und wussten sie, was dort vergraben wurde. Elvira interessierte außerdem, ob Koarl von der Sache wusste. Sie fanden einen Kollegen im LKA, der sich auskannte, wo sie fündig werden konnten.

„In Berlin gibt es ein Militärarchiv im Bundesarchiv. Dort gibt es eine Abteilung „Wehrmachtsauskunftstelle in der Abteilung Reich des Bundesarchivs“. Ihr wisst, wie die Person auf dem Foto hieß. An Hand dieser Daten und den Zeichen an der Uniform auf dem Foto können die Leute dort leicht herausfinden, zu welcher Einheit er gehörte und wo er sich im fraglichen Zeitraum Ende März Anfang April 1945 aufgehalten hat. Fragt nach gemeldeten Toten oder Vermissten dieser Einheit“.

„Klingt plausibel“, meinte Gschwendtner, „nur wer war der andere Soldat, der mit dem Vater von Koarl desertierte?“

„Ich vermute ein Ungar, einer von der Bewachungsmannschaft des Goldzugs. Jemand musste dem SS Trupp davon erzählt haben“.

„Das würde auch das späte Interesse der Ungarn an Lengenfeld erklären“.

Jetzt mischte sich Elvira, die ihren Mann ausnahmsweise ins Amt begleitet hatte, in das Gespräch ein. “Die Frage bleibt: Hat Koarl etwas von dem Versteck gewusst und wenn ja, warum hat er nie versucht, den Schatz zu heben?“

„Das werden wir wahrscheinlich nie erfahren“, antwortete Stranzl.

„Vielleicht finden wir etwas in den alten Zeitungen im Koffer?“, sagte Gschwendtner und begann vorsichtig die Zeitungen auf dem Tisch auszubreiten. Sie waren alt und drohten auseinander zu fallen. Es waren österreichische Zeitungen aus dem Jahr 1948 mit fast total verblasstem Druck. In einem Zeitungsartikel wurde berichtet, dass einige erschossene Häftlinge am Tag nach dem Einmarsch der Sowjetarmee in Lengenfeld auf dem Friedhof in einem Massengrab beigesetzt worden waren. Jetzt wurde die Bevölkerung befragt, wer die Toten waren, damit man sie möglichen Angehörigen überstellen konnte.

Einige Wochen später wurde berichtet, Einwohner aus Lengenfeld hätten berichtet, es seien Polen gewesen, die im Außenlager bei Langenlois eingesperrt waren. Sie seien durch Beschuss von Panzern in einem Weingarten in Lengenfeld getötet worden. Mit was sie dort beschäftigt waren, ist unklar geblieben. Mehrere Monate später wurde in einer kleinen Notiz mitgeteilt, die Identität sei geklärt worden, die Toten habe man ausgegraben und festgestellt, dass sie liquidiert worden waren, vermutlich von ihren Bewachern, die sie in ein anderes Lager bringen sollten.

Interessant war, dass auf den Zeitungen Spuren von Klebebändern festzustellen waren. Gschwendtner meinte:

„Wahrscheinlich waren sie unter der Schublade in Koarls Zimmer festgeklebt worden. Ich würde einmal spekulieren, Koarls Vater war es nicht, denn der wusste, was damals geschehen war und dass er vermutlich selbst die Polen erschossen hatte. Warum sollte er Meldungen über seine Tat aufheben. Er war eher daran interessiert, die Sache zu vertuschen. Vermutlich hat der junge Koarl die Zeitungen vor seinem Vater versteckt".

„Das glaube ich nicht", sagte Stranzl, „was sollte das für einen Sinn machen? Entweder wusste Koarl von der Tat seines Vaters etwas, dann hätte er die Zeitungen nicht verheimlichen müssen, oder er vermutete etwas und hat die Zeitungen aufgehoben, um später zu recherchieren, quasi als eine Art Erinnerungsdokument. Aber warum hat er dann die Zeitungen Jahrzehnte später wieder aus dem Versteck geholt und in seinen Koffer gelegt? Das passt alles nicht zusammen".

„Oder Milena hat ihm erzählt, dass sie die Tochter eines der Opfer seines Vaters war und, was sie von ihrem Onkel, dem Tatzeugen, wusste. Koarl hat sich dann an die Zeitungen unter der Schreibtischlade erinnert und nachgelesen, ob das stimmen kann, was ihm die alte Polin berichtet hatte".

„Wir können nur darüber spekulieren. Alle Beteiligten sind tot oder nicht mehr vernehmungsfähig". Nach einer Minute des Nachdenkens fuhr Stranzl fort: "Auf jeden Fall haben die Morde unterschiedliche Täter und hängen nicht zusammen".

Wochenlang gab es weder Neuigkeiten noch Fortschritte in der Aufklärung der Fälle.

Auch blieb der jüngere Sohn vom Josef verschwunden. Dann eines Morgens im April 2011 brachte die Post ein Paket von Dokumenten aus der Wehrmachtsauskunftsstelle in Berlin. Koarls Vater gehörte zu einem Kampfverband der Waffen SS, der etwa vier Wochen vor Kriegsende dort stationiert war, wo der Waggon mit dem Gold gefunden wurde. Sechs Mann erhielten den Auftrag, sich Richtung Wien in Marsch zu setzen. Der Führer der Gruppe war Koarls Vater. Die Gruppe traf nie bei dem Verband in Wien ein, zu dem sie abkommandiert waren. Sie gelten seither als vermisst. Soweit die Unterlagen. Interessant waren aber die Namen der anderen Soldaten. Neben Koarl gab es einen weiteren Mann aus Lengenfeld, Josefs Vater.

Stranzl ließ wieder seinen berühmten Pfiff ertönen. Gschwendtner hatte schon darauf gewartet.

„Etwas wissen wir, was das Archiv in Berlin nicht weiß. Koarls Vater ist desertiert, und zwar hier in Lengenfeld. Was ist mit Josefs Vater passiert? Ist der auch abgehauen? Die anderen sind vermutlich tot. Wenn sie bei dem Beschuss noch in der Nähe des zerstörten Weinberghauses waren, sind sie vermutlich durch die Granaten umgekommen".

Gschwendtner rief beim Standesamt in Langenlois an und fragte nach Josefs Vater.

Eine Stunde später kannte er die Antwort. Josefs Vater war am 15. 4. 1945 an seiner schweren Verwundung verstorben.

„Also der zweite Desertierte aus der SS-Gruppe", informierte er Stranzl, „theoretisch konnten sowohl Koarl als auch Josef von dem Gold im Weinberg wissen."

„So kommen wir nicht weiter. Lauter Fragezeichen. Fragen, die nur die Toten beantworten können, aber die können ja bekanntlich nichts mehr sagen. Was wir brauchen, sind Täter, Zeugen und Dokumente".

Jetzt wurde Gschwendtner ärgerlich. Das war das erste Mal, dass er Stranzl in einem scharfen Ton anfuhr.

„Das musst du mir nicht sagen, das weiß ich selbst. Bis jetzt produzierst du auch nur Ideen. In wessen Familie sind denn die Sauereien passiert? Heh! In der deiner Frau und nicht in meiner. Vielleicht suchst du einmal dort nach weiteren Beweisen!"

Und damit knallte er den Hörer auf das Telefon. Er wusste, sie standen mit diesem Fall in einer Sackgasse. Solange die Ungarn, er war sich sicher, die Täter waren Ungarn, mit dem Gold verschwunden blieben und ihre Beute nicht einschmolzen oder so auf den Markt bringen würden, blieben sie unsichtbar. Wenn sie das Gold in Ungarn oder in einem der Balkanstaaten verscherbelten, würde das LKA in St Pölten nichts davon erfahren. So gut funktionierte der polizeiliche Informationsdienst der EU noch immer nicht. Seine einzige

Hoffnung blieb, dass der jüngere Sohn von Josef wieder auftauchte. Hoffentlich nicht als Leiche.

Der Hauptmann war wütend. Das war ihm bisher noch nie während seiner Zeit bei der Polizei passiert. Aber er fühlte sich irgendwie hilflos und insgeheim fürchtete er, den Fall zu den Akten legen zu müssen.

Kommissar Zufall

Gschwendtner fuhr ein paar Tage in Urlaub. Er wanderte mit seiner Frau im Wienerwald. Die Bewegung trieb den Frust aus dem Körper und lüftete den Geist aus. Das tat ihm gut und seine Stimmung besserte sich. Seine Frau wusste, dass sie ihm keine Fragen stellen durfte. Sie begleitete ihn, plauderte über belangloses, machte ihn auf den einen oder anderen Vogel aufmerksam, zeigte ihm wilde Kräuter und erzählte ihm, welche Heilwirkung sie ausübten, zwang ihn zu Pausen, zum Essen und zum Trinken. Ihm half diese Ordnung. Er fand wieder zu sich selbst. Am zweiten Tag begann er mit seiner Frau über seine Probleme zu reden und von Stunde zu Stunde im Wald wurde er ruhiger und ausgeglichener. Am dritten Tag rief er im Büro an und fragte, ob neue Informationen eingegangen seien. Ein Gespräch mit seinem Freund Stranzl vermied er. Er wusste, er musste sich wegen seiner unwirschen Reaktion bei ihm entschuldigen, aber das wollte er unter vier Augen erledigen.

Seine Sekretärin wusste von keinen neuen Nachrichten. Er informierte sie, dass er übermorgen wieder zum Dienst kommen würde. Heute hatte er keine Lust auf Waldwanderungen. Er begann in seinem Garten zu werkeln, jätete etwas Unkraut, band ein paar Rosen auf den Gittern an, lockerte den Boden zwischen den Stauten, griff nach einem Buch, legte sich in die Frühlingssonne und schlief ein. Plötzlich sah er sich in einem Güterwaggon auf Kisten sitzen. Er trug die schwarz weiß gestreifte Kleidung von KZ-Häftlingen. Auf den Kisten konnte er im Halbdunkel des Wagens die Aufschrift „Magyar Nemzeti Bank“ lesen. Ohne Vorwarnung blockierten die Bremsen des Zugs mit einem ohrenbetäubenden, kreischenden Geräusch. Er fiel von der Kiste, auf der er saß. In das kaum auszuhaltende Geräusch hörte er plötzlich die Detonation von Fliegerbomben und das Schreien von Menschen. Gschwendtner riss die Augen auf und schaute entsetzt in das Gesicht seiner Frau, die sich über ihn gebeugt hatte. Er wusste nicht, war er noch in seinem Traum oder schon wieder in der Realität, als sie zu ihm sagte: „Wo warst du gerade? Du lagst am Boden.“

Er brauchte ein paar Sekunden, bis er antwortete: „Dieser verdammte Fall verfolgt mich schon in den Schlaf.“

„Geh duschen und zieh dich um, Toni und Elvira haben sich zur Jause angesagt“.

Zwei Stunden später erschienen die beiden. Bei der Begrüßung zog Gschwendtner seinen Freund Toni etwas zu Seite und sagte:

„Tut mir leid, dass ich dich so angeschnauzt habe. Ich glaube der Stress der letzten Monate war doch ein bisschen zu viel.“

„Du must dich nicht entschuldigen, ich war ja auch nicht gerade freundlich zu dir. Aber dein Wutausbruch hat mich auf die Idee gebracht, das Haus von Koarl systematisch nach möglichen Beweisen zu durchsuchen. Elvira ist fündig geworden, aber davon später“.

Solange hielten es beide nicht aus. Die beiden Freunde setzten sich auf die Terrasse und Stranzl öffnete seine Aktentasche und legte einige Dokumente auf den Tisch. Aber Gschwendtners Frau schob die Unterlagen zur Seite und stellte den beiden eine Jause hin.

„Soviel Zeit muss sein. Wir Frauen machen es uns drinnen gemütlich".

Stranzl schob seine Kaffeetasse weg und griff nach den Unterlagen.

„Also Elvira hat das Haus vom Koarl auf den Kopf gestellt. Oben auf dem Dachboden hat sie einen Karton gefunden mit Fotos und Briefen und dem Tagebuch von Koarls Mutter. Ihr ist der Karton deshalb aufgefallen, weil auf ihm weniger Staub gelegen ist als auf den anderen Kisten und Schachteln. Also zunächst das Tagebuch von Koarls Mutter."

Stranzl schlug jene Seite auf, die er mit einem eingelegten Zettel markiert hatte. Er schob sie seinem Freund Fritz hinüber und der begann zu lesen. Die Großmutter schrieb Sütherlin, das Gschwendtner nur mühsam lesen konnte. Der Tagebucheintrag stammte vom 15. April 1945:

> Koarl kam vor drei Tagen überraschend nach Hause. Es war schon dunkel draußen. Er sei nach Tulln abkommandiert worden, aber er habe keine Lust, sich noch so kurz vor dem Kriegsende töten zu lassen. Ein LKW stände oben bei unserer Weingartenhütte. Darauf sei seine Lebensversicherung für die Zeit nach Adolf. Sie müssten die Kisten bei Sonnenaufgang nur noch im Keller verstauen und dann würden alle versuchen, heil nach Hause zu kommen. Dann ging er wie-

der weg und kam am Morgen kurz vor sechs mit einem Ungarn in einer komischen Uniform zurück. Kaum waren sie im Haus, schlugen ganz nahe zwei Geschosse ein. Sie rannten sofort zurück. Nach einer Stunde kam er allein zurück. Auf seinem Rücken schleppte er den Josef ins Haus. Der blutete stark am Rücken und an den Beinen. Der Ungar war weg. Eine Panzergranate habe die Weingartenhütte zerstört und den LKW. Alle seien tot, nur Josef sei noch am Leben. Wir versorgten ihn so gut wir konnten. Koarl meinte, wenn er nicht ins Lazarett käme, würde er die nächsten Tage nicht überleben. Ich bin dann zu Josefs Frau gelaufen. Als sie ihren Mann auf dem Sofa liegen sah, wurde sie hysterisch. Koarl gab ihr eine Watschen und brüllte sie an, sie sollte ihm lieber helfen, ihren Mann zu verbinden und die Blutungen zu stoppen. Später hat mir Koarl erzählt, der Josef wollte auch türmen, aber erst schauen, dass die anderen mit dem LKW wegfahren. Er traute ihnen nicht und glaubte, sie gingen in den Keller und holten die Kisten wieder ab. Ich wollte wissen, was in den verdammten Kisten sei, aber Koarl meinte, es wäre besser, ich wüsste es nicht.

In der Nacht haben wir den Josef nach Hause transportiert. Ins Lazarett wollte er nicht, wenn er schon sterben müsse, dann zu Hause. Eine Stunde, ehe die Russen nach Lengenfeld kamen, starb er.<

„Glaubst du Toni, dass Koarl jun. diesen Eintrag seiner Mutter gelesen hat?"

„Ich bin sicher. Schau mal, diese Seite ist abgegriffener als die vorherigen und als die späteren. Sie wurde öfter gelesen.

Vermutlich vom Sohn, der damit wusste, dass sein Vater etwas vergraben hatte, was ihm nicht gehörte. Damit wäre auch plausibel, warum er wollte, dass Josefs Sohn die Weingärten erhalten sollte".

„Aber warum hat er nie nachgesehen, was dort verbuddelt worden ist?"

Stranzl blätterte im Tagebuch von Elviras Großmutter. Unter dem Datum vom 22. Mai 1956 stand:

Heute in der Früh hat ein ungarischer Flüchtling an unser Tor gepocht. Es war ein Mann im Alter von Koarl. Er hat nach meinem Mann gefragt und mir gesagt, er kenne ihn vom Krieg her. Als Koarl aus dem Weinberg kam, sind sich die beiden um den Hals gefallen. Koarl meinte, ich müsste doch Sándor kennen, er sei der Soldat, der damals, kurz vor Kriegsende, mit ihm am Abend ins Haus gekommen war. Dann gingen beide in die Wohnstube und ich musste mit meinem Jungen draußen bleiben. Aber wir haben an der Tür gelauscht. Sie redeten vom Gold in den Kisten unter dem zerstörten Weingartenhaus. Es sei wegen der Mine unter der Kellertür gefährlich den Keller auszugraben. Sie würden einen Spezialisten brauchen, nachdem der Josef gleich nach dem Beschuss gestorben sei. Der Ungar meinte, er würde aber jetzt seinen Anteil brauchen, um nach der Flucht ein neues Leben beginnen zu können. Koarl hat ihm aber gesagt, selbst wenn die Miene beim Ausgraben nicht hoch ginge, sie könnten das unmöglich unbeobachtet tun. Das seien mindestens drei Tage Arbeit. Er hätte nichts davon, wenn man ihm das Gold gleich wieder abnehmen würde. Koarl hat dann dem Sándor angeboten, ihm mit Geld für seine Weiterreise auszuhelfen, gegen einen Teil von Sándors Anteil. Er solle sich wieder melden, wenn er wüsste, wo er bleiben würde. Bei einer günstigen Gelegenheit würden sie dann versuchen, das Gold auszugraben.<

„Sándor muss einer der ungarischen Soldaten gewesen sein, der den Zug damals begleitete und mit den SS-Männern desertierte. Nachdem weder Koarl sen. Noch Koarl jun. die Kisten ausgegraben haben, warum auch immer, müssen es irgendwelche Nachkommen von Sándor gewesen sein. Leider wissen wir nur seinen Vornamen", sagte Stranzl.

Gschwendtner starrte die ganze Zeit auf seine verschränkten Hände, während Stranzl die Passage aus dem Tagebuch vorgelesen hatte. Jetzt schaute er auf und, ohne Stranzl anzuschauen, begann er zu dozieren:

„Ich stell mir gerade die Situationen von damals vor. Josef hat seiner Frau und seinen Söhnen sicherlich nichts von den Goldbarren erzählt, auch nicht, dass er die Sprengfalle eingebaut hat und noch weniger, dass er die KZ-Häftlinge erschossen hat. Dafür war er mit seiner schweren Verwundung zu schwach. Wenn er überhaupt an die Sache gedacht hat, so vertraute er seinem Freund Koarl, dass er Josefs Anteil schon seinen Erben zukommen lassen würde. Für Koarl war die Sache zu heiß, nachdem die Hütte zerstört worden war. Er konnte die Sprengfalle nicht entschärfen, das wäre Josefs Part gewesen. Also wartete er auf eine günstige Zeit und fachliche Hilfe. Darüber ist er gestorben. Sein Sohn hatte auch kein Interesse, wegen seines Vaters Verbrechen ins Gefängnis zu gehen, wenn er das Gold ausgraben würde. Also ließ er es in der Erde. Sándor muss jemand von dem Schatz erzählt haben, vor allem wo er vergraben worden ist. Von der Sprengfalle hat er entweder nichts erzählt oder die Täter haben geglaubt, sie sei nach so langer Zeit nicht mehr gefährlich. Jedenfalls müssen es Leute gewesen sein, die nicht im 56erJahr geflüchtet sind, denn die hätten sich früher gemeldet. Als es für sie möglich war, haben sie Koarl aufgesucht. Beide Koarls waren aber inzwischen gestorben und so sind sie zu Josef gegangen. Sie wussten genau, wo die Kisten lagen, sie hatten entweder Kopien der Pläne oder genaue Aufzeichnungen. Sie haben sich die Lage sogar beim Bürgermeisteramt bestätigen lassen. Warum sie Josef umbrachten, darüber kann ich nur spekulieren".

„Ja, so könnte es gewesen sein. Nur beweisen können wir es nicht."

Bei den letzten Worten klingelte das Handy von Stranzl. Er hörte ungefähr drei bis vier Minuten schweigend zu, unterbrach den Anrufer nur mit einigen wenigen „Ja" und beendete das Gespräch mit dem Satz: „Danke Ihnen sehr für den Anruf. Wir kommen übermorgen". Dann wandte er sich wieder Gschwendtner zu und sagte: „Das war unser ungarischer General. Sie haben einen Teil der Goldbarren sichergestellt und einen Täter verhaftet, nachdem er sich in einem Spital in Györ einen Granatsplitter aus einem eiternden Bein entfernen lassen wollte. Das Spital hat, weil es sich um eine typische Kriegsverletzung handelt, die Polizei informiert. Die beiden anderen Ungarn sind mit dem zweiten Auto geflüchtet, als sie die Polizei vor dem Spital vorfahren sahen".

„Donnerwetter, da hat uns der Kommissar Zufall aber einmal richtig weitergeholfen".

Krankenzimmer in Györ

Die drei Ungarn hatten sich schon seit Wochen in Österreich in häufig wechselten Hotels aufgehalten. Ihr Auftrag war klar und präzise. Anhand der Kopie eines Lageplanes das geraubte Gold auszugraben und damit zu ihrem Auftraggeber zufahren. Sie sollten das Weingartenhäuschen ausforschen, unter dem sich der Schatz befinden sollte. Aber dort, wo auf ihrem Plan eine Hütte eingezeichnet war, gab es kein Gebäude. Hecktische Telefonate mit Ungarn folgten. Dann wurde der Plan nochmals im Gemeindeamt in Lengenfeld überprüft. Dabei erfuhren sie auch, dass Josef der Besitzer des Grundstücks war.

Das erzählte der Verletzte in passablem Deutsch als der ungarische Polizeigeneral mit Stranzl und Gschwendtner zum Verhör im Krankenzimmer in Györ auftauchten.

Vorher hatte sie der behandelnde Arzt informiert, dass das verwundete Bein bereits von einer Muskelentzündung befallen sei, eine Sepsis drohe und sie dem Patienten innerhalb der nächsten Stunden das Bein amputieren müssten, wenn sie sein Leben retten wollten.

„Also meine Herren, Sie haben eine halbe Stunde Zeit, dann brauche ich den Patienten auf dem Operationstisch. Regen Sie ihn nicht auf und konzentrieren Sie Ihre Fragen auf das Wesentliche".

„Wann steht er uns wieder zur Verfügung?“, wollte Stranzl wissen.

„Sollte er die Op überleben, dann frühestens in einer Woche. Aber ich bin mir nicht sicher, ob er den Eingriff durchsteht, denn er ist sehr spät und mit hohem Fieber nach der Verwundung eingeliefert worden“.

„Kennen Sie seine Komplizen?“, fragte Gschwendtner den ungarischen General.

Der schüttelte den Kopf und entgegnete: „Er nannte uns nur die Vornamen. Mehr wisse er nicht, denn sie kannten sich alle untereinander nicht, als sie für den Auftrag nach Österreich aufbrachen. Und sie sollten ihre Identität auch für sich behalten, war die Empfehlung ihres Auftraggebers“.

Dann betraten sie das Krankenzimmer. Ein Arzt blieb während des Verhörs beim Patienten und sollte die Befragung beenden, wenn es ihm gesundheitlich schlechter ginge. Das hatte ihm der Operateur im Beisein aller eingebläut. Als der Verletzte gerade anfing zu erzählen, wie sie auf Josef gekommen waren, erlitt er einen weiteren Schwächeanfall. Sofort unterbrachen sie das Verhör. Nach etwas einer viertel Stunde und einer Injektion, konnten sie fortfahren, aber nur noch fünf Minuten, wie der Arzt mit erhobenem Zeigefinger erklärte.

„Wo ist der jüngere Sohn von Josef?“, wollte Gschwendtner wissen.

„Keine Ahnung. Als wir nach der Explosion zu seinem Haus fuhren, war er schon weg, das sagten mir die anderen.“

„Habt ihr Josef umgebracht?“, wollte Stranzl wissen.

Der Ungar nickte.
„Warum?"
„Er wollte uns nicht helfen".
„Wie helfen, bei was?"
„Beim Ausgraben des Goldes auf seinem Grundstück".
„Aber dafür bringt man doch niemand um?"
„Wollten wir auch nicht". Seine Stimme wurde immer leiser und die Pausen zwischen den Worten immer länger. Dann, mit einer letzten Kraftanstrengung:
„Rizin sollte ihn schocken.... Aber dann war er plötzlich tot".

Jetzt schloss der Ungar die Augen und schwieg. Der Arzt untersuchte ihn sofort und forderte die Polizisten auf, das Zimmer zu verlassen. Draußen auf dem Gang sahen sich die Beamten schweigend an und dann meinte der General:
„Viel war es nicht, was er sagte. Hat es Ihnen geholfen?"
„Naja", begann Stranzl. „Neu war für uns, dass sie einen Auftraggeber hatten und dass sie mit ihm während der Aktion laufend in Verbindung standen".
Gschwendtner nickte und fuhr fort:" Wahrscheinlich ein Nachfahre von Sándor, denn nur er konnte von dem Gold wissen, konnte die Plankopien besitzen und wusste von dem Weingartenhaus. Aber nicht, dass es von russischen Panzergranaten zerstört worden war".

Stranzl und Gschwendtner wollten nicht auf die OP ihres Zeugen warten, zumal ihnen der General versprach, auf den gefangenen Patienten aufzupassen und sie wieder anzurufen, wann sie das Verhör fortsetzen konnten. Außerdem wollte er weiter nach den Komplizen forschen. Er war überzeugt, sie hielten sich noch in Ungarn auf. Woher er diese Zuversicht nahm, blieb den LKA-Beamten schleierhaft. Aber sie hatten keine andere Wahl. Der ungarische Patient war ihre einzige konkrete Spur. Hoffentlich. Die anderen Spuren waren schon tot.

Spät am Abend kamen sie nach St. Pölten zurück und deshalb gingen sie am anderen Morgen später als sonst ins Büro. Stranzls Sekretärin gab ihm einen Zettel mit einer ungarischen Nummer. Dort sollte er sofort anrufen, wenn er im Büro sei. Er bat Gschwendtner, am zweiten Telefon mitzuhören. Am anderen Ende der Leitung meldete sich der General.

„Es gibt Neuigkeiten, meine Herren, leider unangenehme Neuigkeiten".

„Hat unser Zeuge geredet?", wollte Stranzl wissen und eingewisser Jagdblick erschien auf seinem Gesicht.

„Nein, das kann er nicht mehr", und nach einer kleinen Pause, „er hat die OP nicht überlebt".

„Scheiße", murmelte Gschwendtner am anderen Hörer.

Aber der General versprach, weiter nach den anderen zwei Tätern zu suchen. Sie hätten schon eine warme Spur. Nur Stranzl glaubte nicht daran, bei dem Pech, das sie in diesem Fall bisher hatten.

In Österreich konnten sie nichts mehr tun und in Ungarn waren sie auf die Hilfe des Generals angewiesen.

„Doch, etwas können wir noch machen", sagte Stranzl, „wir schreiben den jüngeren Bruder vom Josef zur Fahndung aus, auch wenn wir wissen, dass er nicht zum Täterkreis gehört. Er muss wissen, warum sein älterer Bruder bei der Buddelei mitgemacht hat, sonst wäre er nicht in der Nacht der Explosion getürmt."

Am nächsten Tag hing sein Konterfei in jeder Polizeidienststelle.

Wieder einen Tag später rief der ungarische General an.

„Nein, es gibt nichts Neues. Unsere Fahndung läuft. Aber Sie haben mir die Geschichte des ehemaligen Pfeilkreuzlers Sándor erzählt. Was wissen sie noch?

Kennen Sie seinen Namen? Wenn er noch Verwandte in Ungarn hat, dann finden wir sie".

„Nein, leider weiß ich nur den Vornamen aus dem Tagebuch der verstorbenen Großmutter meiner Frau. Aber vielleicht haben Sie irgendwo in ihren Archiven die Namen der Begleitmannschaft des Goldzuges. So viele Sándors waren da sicher nicht dabei. Dann wissen wir noch, dass unser Sándor 1956 aus Ungarn geflüchtet ist. Das schränkt die Suche weiter ein".

„Das könnte funktionieren. Ich melde mich wieder."

Der jüngere Sohn vom Josef

In einem kleinen Dorf in der Nähe von Leibnitz in der Südsteiermark versah der Revierinspektor Drulovic seinen Dienst. Viel los war nicht in dem Kaff. Der Inspektor kannte jeden Einwohner und war mit fast allen per Du, wie das so üblich ist, wenn man lange zusammenwohnt. Das war auch der Grund, dass er sich nie Fahndungsbilder ansah. Warum auch. Wer vom Rest der Welt gesucht wurde, sollte sich schon in seinem Dorf verkriechen. Dann an einem Montag im Juni 2011 ließ sich sein Computer nicht mehr starten. Drulovic brauchte lange, bis er die Servicenummer fand, die ihm seine vorgesetzte Dienststelle für solche Notfälle gegeben hatte. Nach zwei weiteren Stunden des Wartens, ohne Computer kann ein Polizist nicht arbeiten, auch wenn er ihn nur sehr selten benutzt, erschien ein Techniker, der nach einer weiteren halben Stunde den Fehler gefunden hatte.

Zusammen prüften sie die Funktionsweise des Geräts, in dem sie die letzten Mails und Fahndungen aufriefen. Plötzlich schrie der Revierinspektor „Halt“, aber das Bild war schon weitergewandert.

„Geh noch mal zurück“. Zwei Sekunden später starrte ihn das Konterfei von dem jüngeren Sohn des Josef an. Den Namen des Mannes kannte er nicht, aber er hatte ihn schon ein paar Mal im Wirtshaus gesehen.

„Genau, den hat mir der Innerkofler als seinen Cousin vorgestellt. Was macht der Kerl nur bei uns? Kann er nicht wo anders einen Cousin besuchen?“

„Dann verhaft´ ihn halt, Revierinspektor“, empfahl der Servicetechniker.

„Du bist gut und wo sperr´ ich ihn ein?“

„Ja habt ihr hier im Posten keine Arrestzelle?“

„I wo. So etwas brauch mer net“.

„Und wo sperrst die Bsuffenen ein?“

„Niergends. Die führ ich hoam“.

„Dann ruf halt in Leibnitz an. Die sollen ihn holen“.

Drulovic telefonierte mit seiner vorgesetzten Dienststelle. Die meinten, er solle ihn verhaften und sie würden ihn dann später bei ihm abholen, wenn der Streifenwagen aus dem Service zurück wäre.

„Und wenn er mir abpascht?“

„Dann fessel ihn halt“.

„Hörst Kollege, wenn er sich wehrt. Er sieht ziemlich robust aus, auf dem Foto. Immerhin ich bin alleinig“.

„Also gut. Dann holen wir ihn, wenn wir wieder ein Auto haben. Passt halt auf, dass er uns nicht abhaut, vielleicht noch hinüber ins Slowenische. Dann kriegen wir ihn nimmer“.

So geschah es, dass sich der ehemalige Gendarm gegenüber vom Haus des Cousins hinter einem Strohballen verschanzte und mit gezogenem Revolver das Haus bewachte. Ob er wirklich schießen würde, falls der Gesuchte das Haus verlässt, diese Frage stellte sich Drulovic nicht. Dafür war es heute zu heiß. Der Schweiß lief ihm unter der Amtskappe zusammen und floss ihm dann in einem unaufhörlich rinnenden Bach über Gesicht und Nacken. Es dauerte unendliche zwei Stunden, bis der Streifenwagen mit eingeschaltetem Martinshorn und quietschenden Reifen vor dem Haus des Cousins stoppte. Der Revierinspektor kletterte mühsam hinter dem Strohballen hervor, total verschwitzt. Mit aufgequollener Zunge konnte er nur stammeln und zeigte dann mit dem Revolver auf das Haus.

Was im Haus passierte, bekam er nicht mit, denn er rührte sich nicht von der Stelle und wartete, bis die Kollegen den Delinquenten im Auto wegbebracht hatten, damit er sofort ins Wirtshaus auf ein Bier eilen konnte. Daran denkend hatte er die letzten zwei Stunden verbracht. Er ist in den nächsten fünf Minuten von seinen Qualen erlöst worden.

Weitere zwei Stunden später erhielt Gschwendtner einen Anruf aus Leibnitz. Sie hätten den gesuchten Mann verhaftet und was nun weiter geschehen solle. Ob ihn die Kollegen vom LKA St. Pölten holen, oder ob sie ihn einstweilen einsperren sollten. Gschwendtner besprach sich mit Stranzl. Wenn sie Josefs Sohn nach St. Pölten überstellen lassen wollten, dann mussten sie einen Haufen Papier nach der Steiermark schicken, damit ein Untersuchungsrichter einen Haftbefehl ausstellen konnte. Wenn diesem die Anschuldigungen nicht ausreichen würden, dann ließe er den Sohn wieder laufen. Und Anschuldigungen, die eine U-Haft rechtfertigen würden, hatten sie keine. Sie wollten ihn nur als Zeugen befragen.

„Also fahren wir morgen früh nach Leibnitz und befragen ihn dort."

Um zehn Uhr am nächsten Morgen kamen sie bei der Polizei in Leibnitz an.

Nach einem starken Kaffee ließen sie den lang Gesuchten vorführen. Als der den Hauptmann Gschwendtner erblickte, brüllte er ihn an:

„Hörens, sind s deppert, mich verhaften zu lassen?"

„Selber schuld, warum sind Sie nach der Explosion abgehauen? Sie mussten doch damit rechnen, dass wir Fragen an Sie haben werden?"

„Schon, aber ich hatte Angst!"

„Vor wem?"

„Vor den Ungarn".

„Und warum?"

„Sie waren am Abend vor der Explosion zu uns gekommen und haben verlangt, wir sollten ihnen beim Ausgraben der Kisten helfen".

„Welcher Kisten und warum sie beide?"

Der jüngere Sohn begann zunächst zögernd, aber dann immer schneller zu erzählen.

Die Ungarn hätten ihnen gesagt, auf ihrem Grundstück seien Kisten vergraben worden, die ihnen gehörten. Die wollten sie wieder haben. Wenn wir ihnen dabei helfen würden, dann würden sie uns an dem Schatz beteiligen.

„Ich dachte mir gleich, das muss etwas mit dem Plan zu tun haben, den Sie Herr Hauptmann, damals im Schrank in Koarls Keller gefunden hatten". Als Gschwendtner nickte, fuhr er fort: "Ein Gefühl in meiner Magengrube sagte mir, lass die Finger davon, die Sache ist nicht sauber. Aber mein Bruder fing an zu fragen, was in den Kisten ist, die auf unserem Grund vergraben sein sollten".

„Und was war die Antwort?"

„Das wüssten sie auch nicht genau. Jedenfalls müssten die Kisten schon sehr lange dort liegen und sie seien beauftragt worden, den Schatz zu heben. Ob sie sicher seien, wollte ich wissen. Ja meinten sie und sie hätten keine Zeit mehr zu verlieren, die Polizei hätte auch schon angefangen, zu graben."

„Woher wussten sie das?", wollte Stranzl von Gschwendtner wissen.

„Sie werden uns eben beobachtet haben. Wir haben ja auch bei der Suche nach dem Haus nicht gerade verdeckt gearbeitet. Wer den Plan kannte, wusste, was wir da suchten".

„Also, wie ging s weiter?"

„Mein Bruder ging in den Schuppen, Hacke und Schaufel zu holen, stieg zu den Ungarn ins Auto und fuhr weg".

„Wann war das genau?"

„So gegen ein Uhr in der Nacht. Sie hatten uns noch gefragt, ob wir starke Handlampen hätten. Die haben sie dann auch eingepackt".

„Wie haben sie reagiert, dass Sie nicht mitgekommen sind?"

„Sie waren nicht begeistert, haben irgend etwas in Ungarisch miteinander palavert und dann sagte der, der am besten Deutsch konnte: Gut, bleiben Sie im Haus und rühren Sie sich nicht von der Stelle, bis wir wieder kommen".

„Und da sind Sie dann auch geblieben?"

„Was sollte ich machen? Sie haben meinen Wagenschlüssel mitgenommen. Aber sie haben nicht gewusst, dass ich auch ein Fahrrad besitze". Dabei lächelte er verschmitzt. „Ich hab meinen Rucksack gepackt und mein Fahrrad überprüft, und gerade als ich Richtung Golfplatz auf der Straße unterwegs war, hat es fürchterlich am anderen Dorfende gekracht".

„Warum sind Sie nicht umgekehrt?"

„Ich war mir sicher, die Idioten hatten gesprengt und das im Ort. Da wird es nicht lange dauern und alle Dorfbewohner sind auf der Straße. Weiß der Teufel, vielleicht nehmen die mich noch als Geisel. Nichts wie weg, dachte ich."

„Und wie sind Sie weggekommen?"

„Ich bin gefahren, was das Zeug hielt. Ohne Stopp bis nach Tulln. Von dort mit dem Zug nach Wien und dann in die Steiermark zu meinem Cousin. Erst dort habe ich aus der Zeitung erfahren, was in der Nacht passiert war und dass es meinen Bruder erwischt hat".

Eine Weile hing Schweigen im Raum. Dann räusperte sich Stranzl und meinte: „Vielleicht war das gar nicht so blöd, in der Situation zu türmen. Da habe ich sogar Verständnis dafür. Aber dass Sie sich nicht nach ein paar Tagen wenigstens telefonisch bei uns gemeldet haben, dafür habe ich kein Verständnis. Sie hätten uns viel Arbeit erspart und schützen hätten wir Sie auch besser können."

Sie ließen Josefs jüngeren Sohn im Nebenraum warten und berieten sich, wie sie weiter verfahren wollten.

„Also ich glaube nicht, dass er uns belogen oder etwas verschwiegen hat. Dafür hat er zu viel Schiss in den Hosen", sagte Gschwendtner.

„Seh ich auch so".

„Aber wir wissen jetzt, dass die Ungarn im Auftrag von irgendeinem Dritten gehandelt haben und eigentlich nicht wussten, was sie ausgraben sollten".

„Stimmt, aber der große Unbekannte musste gewusst haben, dass die Weingärten jetzt dem Josef gehörten. Wahrscheinlich wollte er schon das OK vom Josef für das Ausgraben haben, denn der hätte ohne Aufsehen auf seinem Grund buddeln können. Aber Josef hat nicht mitgespielt. Entweder er wollte den Schatz selbst heben, weil er schon immer davon wusste oder weil er es jetzt erfahren hatte, oder er wollte die Kisten dort lassen, wo sie waren, so wie das auch Koarl hielt".

„Und deshalb haben sie ihn umgebracht. Denn wie auch immer, jetzt wusste er Bescheid und mit diesem Wissen hätte er zur Polizei gehen können", schlussfolgerte Stranzl.

„Wahrscheinlich hat es sich so zugetragen. Der tote Ungar hat uns weißmachen wollen, sie hätten mit dem Rizin nur drohen wollen. Da hätte ein Revolver genügt. Das war eine Schutzbehauptung, damit wir ihm keinen Mord anhängen können."

„Damit können wir Josefs jüngeren Sohn laufen lassen. Am Besten, er bleibt hier in der Steiermark, bis wir den Fall geklärt haben, und hält sich für unsere Fragen zur Verfügung".

„So machen wir es. Aber was mir jetzt gerade einfällt. Wenn wir mit unserer Fantasie recht haben, dann mussten die Täter mit dem Rizin in der Tasche angereist sein. Sie mussten außerdem gewusst haben, dass der Josef wegen seines Krebs Medikamente einnehmen musste, die den sofortigen Tod eintreten lassen, denn sonst hätte der Josef ja locker Zeit gehabt, die Polizei zu informieren, ehe er am Rizin gestorben ist."

„Du hast recht. Wir müssen versuchen, herauszufinden, wer in Ungarn an Rizin kommen konnte. Das kann man dort auch nicht in jeder Apotheke kaufen".

„Morgen rufen wir unseren General in Budapest an."

Die fehlenden Goldbarren

Als der Oberst am nächsten Morgen sein Büro betrat, fand er auf seinem Schreibtisch einen Zettel mit einer Telefonnummer und der Bemerkung, diese Nummer dringend anzurufen. An der Vorwahl erkannte er, es handelte sich um eine ungarische Nummer. Er wollte gerade seine Vorzimmerdame fragen, wem die Telefonnummer gehörte, als ihm einfiel, seine Mitarbeiterin hatte sich ja vor seiner Abreise in die Südsteiermark in den Urlaub verabschiedet. Deshalb rief er Gschwendtner an. Der konnte sich erinnern. Es war die Nummer ihres Polizeigenerals aus Budapest. Stranzl ging zu Gschwendtner in dessen Büro, um das Telefonat zu erledigen, denn das Vorzimmer des Hauptmanns war trotz der Sommerferien besetzt. Gschwendtner sah gerade seine Mails durch und stieß auf eine Nachricht aus der ungarischen Zentralbank.

In Deutschland waren zwei Goldbarren aus der „Lengenfeld Serie" aufgetaucht. Sie waren einem Schmuckhersteller angeboten worden. Diesem fiel die für ihn unbekannte Punzierung auf und er verständigte die deutsche Bundesbank. Die wollte von der ungarischen Zentralbank wissen, ob sie diese Barren aus ihrer Reserve auf den Markt gebracht hätten. Inzwischen versuchte die deutsche Polizei die Quelle zu finden, aus der das Gold stammte.

Wie sollten sie weiter vorgehen? Mit den deutschen Kollegen zusammenarbeiten und damit eventuell ihren Fall an Deutschland verlieren oder zunächst abwarten, was man dort herausfand? Was hielten die Ungarn von einer solchen Zusammenarbeit?

„Lass uns mit dem General reden".

Sie erreichten ihn direkt unter der Nummer, die auf dem Zettel stand. Am ungarischen Ende der Leitung meldete sich ein gut gelaunter General.

„Also Kollegen, unser Fall kommt in Fluss, sagt man so bei Ihnen?"

„Ja so ungefähr", erwiderte Stranzl, „kennen Sie die Meldung Ihrer Zentralbank über die aufgetauchten Barren in Deutschland?"

„Ja, wir lassen gerade prüfen, ob sie wirklich aus der Serie stammen, die bei Ihnen vergraben war. Könnte ja sein, dass sie aus einer anderen Quelle kommen. Immerhin war damals im Waggon mehr Gold als man bei Ihnen fand. Aber das ist nicht der Grund, warum ich Sie sprechen wollte. Wir hatten Glück mit dem Sándor. Es gab ganze vier Soldaten mit diesem Vornamen auf dem Transport damals. Einer ist 1947 gestorben, der Zweite hat bis 1972 gelebt, war aber von den Engländern in der Steiermark gefangen genommen worden. Er kann also mit Ihrem Gold nichts zu tun haben. Der dritte Sándor war im Generalstab der ungarischen Armee unter den Kommunisten. Der hätte versucht, an das Gold zu kommen, solange noch die Russen bei Ihnen waren. Der Vierte ist offensichtlich derjenige, der sich bei Ihnen in Lengenfeld gemeldet hatte. Er ist während des Aufstand geflüchtet. Wir haben keinen Angehörigen seiner Familie mehr in Ungarn gefunden".

„Donnerwetter, das ging aber schnell. Wie war der Nachname des vierten Sándor?"

„Tabernay, mit Y am Ende".

„Wir, mein Kollege Gschwendtner und ich haben gerade diskutiert, ob wir uns mit den deutschen Kollegen, welche die Herkunft des in Deutschland gefundenen Goldes untersuchen, ob wir uns mit denen in Verbindung setzten sollten oder besser abwarten?"

„Hm. Schwierige Entscheidung. Risiko, dass die uns den Fall abnehmen ist groß. Aber wenn vierter Sándor nach Deutschland gegangen ist, finden wir das ohne deutsche Hilfe nicht heraus. Vielleicht ist er Ursache unseres Übels?"

„Wir haben noch ein weiteres Problem. Den jüngeren Bruder desjenigen, der bei der Explosion getöteten wurde, haben wir gefunden. Er behauptet, die drei Ungarn hätten ihren Vater mit Rizin getötet und seinen Bruder gezwungen, mitzumachen. Wie einfach oder kompliziert ist es, bei Ihnen an Rizin zukommen?"

„Legal überhaupt nicht, da bin ich mir sicher. Ich weiß nicht, ob wir es in Ungarn herstellen oder ob wir hier Bestände davon lagern und ob etwas fehlt. Ich werde das für Sie herausfinden. Aber warum ist das wichtig für Sie?"

„Dass ungarische Staatsbürger mit diesem Gift hier gemordet haben, ist unbestritten. Dass sie für einen unbekannten Dritten gearbeitet haben, hat uns der in Györ verstorbene Komplize erzählt".

„Stimmt“

„Bleibt die Frage: Lebt der Auftraggeber in Ungarn oder nicht? Wir halten es für unwahrscheinlich, dass sich unser unbekannter Dritter das Gift im Ausland besorgt und es nach Ungarn gebracht hat. Viel zu riskant, damit in der Gegend herumzureisen“.

„Damit könnten Sie recht haben. Ich melde mich wieder, wenn ich über das Rizin mehr weiß“.

Nach Beendigung des Telefonats sagte Gschwendtner: "Ich denke, wir prüfen nach, ob es in Österreich einen Tabernay gibt. Wenn nein, dann müssen wir unsere deutschen Kollegen um Amtshilfe bitten“. Es dauerte fast drei Tage, bis sie herausgefunden hatten, dass der Sándor Tabernay von 1956 sich in Österreich als Flüchtling gemeldet hatte. Er war allein gekommen. Nach etwa einem halben Jahr hat er sich abgemeldet und auf der Abmeldung als Zielort „Deutschland“ angegeben, genauer Ort Köln, aber keine Adresse. Als nächstes riefen sie das Einwohnermeldeamt in Köln an und fragten nach einem Tabernay, Sándor. Sie waren sicher, dieser Tabernay lebte nicht mehr, denn dann müsste er fast einhundert Jahre alt sein. Aber vielleicht hatte er geheiratet und Kinder bekommen.

Die Kölner Behörde meinte, das könnte schwierig werden. Sie müssten das Archiv auf den Kopf stellen, denn Computer habe es damals noch keine in ihrer Verwaltung gegeben. Um den Aufwand zu rechtfertigen, möge die österreichische Polizei eine schriftliche Anfrage schicken.

„Wer muss dann diese Anfrage bei Ihnen genehmigen?"

„So genau wissen wir das auch nicht. Vielleicht muss das erst das Innenministerium von Nordrhein-Westfalen genehmigen".

Also schrieben sie ihre Anfrage. Als Grund für die Suche der genannten Person gaben sie an:"wird wegen Mordes gesucht". Wenn wir Glück haben, meldet sich die Kölner Polizei und will genaueres wissen. Dann geht es schneller.

Sie hatten richtig spekuliert. Das Polizeipräsidium der Stadt Köln meldete sich innerhalb einer Woche und wollte wissen, um welchen Mord es sich handelte.

„Ja wissen Sie, Kollege, der Gesuchte war kurz vor Kriegsende in Österreich an der Ermordung einiger KZ-Häftlinge beteiligt".

„Und das wissen Sie erst jetzt?"

„Ja, wir haben eine Zeugenaussage aus Polen, der wir nachgehen müssen oder wollen Sie den Fall weiterverfolgen. Wer geben ihn gerne ab".

„Um Gottes Willen, verschonen Sie uns damit. Wir helfen Ihnen gerne bei der Recherche, denn die Tat ist bei Ihnen passiert und Sie haben alle Unterlagen".

Die Kölner Polizei versprach, schnell zu handeln. Und sie handelten schnell. Sie schickten eine Kopie der An- und Abmeldung. Auch wenn das Dokument schlecht lesbar war, so wussten sie jetzt, der Sándor lebte ganze zwei Jahre in Köln und war dann nach Singapur ausgewandert.

„Da er ledig war, kommt er für unseren Fall nicht mehr in Frage. Diese Spur können wir vergessen. Ich kann mir nicht vorstellen, dass er von Singapur aus hier nach dem Gold gesucht hat". Mit dieser Bemerkung legte Stranzl die Kopien zu den Akten. Jetzt mussten sie warten, ob die ungarischen Kollegen wenigstens einen der beiden Täter fangen konnten.

Gschwendtner kaute nachdenklich an seinem Bleistift.

„So ganz geschwind würde ich die Kopien nicht weglegen. Ein Teil der Barren ist in Deutschland aufgetaucht. Warum dort und nicht in Ungarn, wo unsere Täter doch Ungarn waren und mit der Beute auch dorthin geflüchtet sind. Sonst wäre der Kollege ja nicht in Györ ins Spital gekommen. Wieso sind die Barren jetzt auf einmal in Deutschland?"

„Naja, vielleicht sind sie dort besser abzusetzen. Ein großes Land!" entgegnete Stranzl.

„Schon, aber stell dir einmal vor. Die Kerle hauen hier ab, nachdem der Keller hochgegangen ist. Die ungarische Grenze ist näher als die Deutsche. Dann bringen sie den Verletzten in Györ ins Krankenhaus. Liegt am Weg nach Budapest. Wenn sie dort untertauchen, bis Gras über den Fall gewachsen ist, dann findet man sie nicht.

Warum gehen sie das Risiko ein, das Gold entweder über Österreich nach Deutschland oder gar über die Slowakei und Tschechien nach Deutschland zu bringen. Jeder harmlose Auffahrunfall kann sie in Teufels Küche bringen. Das macht doch keinen Sinn!"

„Schon, aber vielleicht war es ja ganz anders. Sie haben in Budapest das Gold an ihren Auftraggeber übergeben und sind mit der Belohnung abgetaucht. Der hat dann das Gold mit dem LKW zusammen mit anderer Fracht locker nach

Deutschland gebracht. Es kontrolliert ja keiner mehr an der Grenze und einen LKW sucht auch keiner“.

„Gut, so könnte es gelaufen sein. Aber wer war der Auftraggeber? Ein Ungar, ein Österreicher oder eine Deutscher?“

„Das sollte nicht schwer sein. Wer hat von dem vergrabenen Gold gewusst?“ Jetzt kam Stranzl in Fahrt.

„Koarl und eventuell Josef. Sie scheiden aus, weil sie tot sind und zu Lebzeiten das Gold nicht angerührt haben. Tabernay selbst war es nicht. Aber er könnte sein Wissen an jemanden anderen weitergegeben haben und zwar in Form alter Pläne. Vielleicht hat er sie verkauft, um mit dem Geld nach Singapur auszuwandern“.

„Würdest du für Pläne Geld bezahlen, von denen du nicht weißt, ob sie echt sind?“

„Nein. Nur wenn ich ihm sehr trauen würde.“

Die letzte Spur

Ende September 2011 rief der ungarische General wieder an. Bis dahin hatten sich keine neuen Spuren ergeben. Nur der jüngere Sohn vom Josef hatte ein paar Mal angerufen, ob er jetzt wieder nach Lengenfeld kommen könne. Er müsste sich dringend um die Weinlese kümmern, falls es überhaupt noch etwas Ordentliches zu ernten gebe, nachdem die Weingärten mehrere Monate sich selbst überlassen geblieben waren. Anfangs hatte Stranzl ihm das strickt untersagt. Es sei für ihn noch zu gefährlich, solange die Täter noch nicht gefasst seien. Aber dann hatte ihn seine Frau umgestimmt. Wenn die Weingärten des Josefs total verluderten, dann wären mit Ernteausfällen von mehreren Jahren zu rechnen. Das würde Josefs Sohn wahrscheinlich finanziell nicht überleben. Also rief der Oberst wieder in der Südsteiermark an und sagte:

„Von mir aus, kommen S heim und schauen S nach ihren Trauben. Aber Sie melden sich jeden Tag auf dem Polizeiposten in Lengenfeld, damit wir wissen, dass es Ihnen noch gut geht. Wenn Ihnen irgendetwas verdächtig vorkommt, dann rufen Sie uns sofort an. Kann ich mich darauf verlassen?“

„Selbstverständlich Herr Oberst, ich bin ja nicht lebensmüde“.

Josefs Wiederauftauchen in Lengenfeld blieb nicht unbemerkt. Die Dorfbewohner waren neugierig. Damit sie ihn nicht von der Arbeit abhielten, lud er sie ein, ihm in den Gärten und seinem Keller zu helfen. Nur dann würde er ihnen alle Fragen beantworten. Ein raffiniertes Konzept musste Stranzl eingestehen, als er davon erfuhr. Es war ihm auch ganz recht, dass Josefs Sohn nicht die Wahrheit erzählte, sondern die Geschichte ordentlich aufbauschte.

Der General aus Budapest informierte die beiden LKA-Beamten über das Auffinden zweier toter Männer in einer Budapester Wohnung. Nachbarn war der sonderbare Geruch aus einer Wohnung aufgefallen und sie informierten die Polizei. Die Leichen wiesen keinerlei Zeichen äußerer Gewalt auf. Bis die Gerichtsmedizin die Vergiftung mit Rizin diagnostizierte. Erst jetzt wurde der General informiert, der noch immer nach der Quelle des Rizins suchte und sofort eine Verbindung vermutete. Einen Tag später trafen Stranzl und Gschwendtner in Budapest ein.

Die Leichen waren noch in der Pathologie. Die den Toten abgenommenen Fingerabdrücke übermittelte Gschwendtner elektronisch nach St. Pölten mit dem Auftrag, sie mit jenen, die an den verschiedenen Tatorten gesichert worden waren, zu vergleichen.

„Die DNA Spuren der beiden Unbekannten werden derzeit noch festgestellt. Wir hoffen, wir können sie Ihnen mitgeben", sagte der General voller Stolz.

In der Wohnung der Toten sahen sich die LKA-Beamten genauer nach Spuren um, die vielleicht eine Verbindung zu ihrem Fall herstellen ließen.

Die toten Männer waren etwa Mitte dreißig und verfügten über keinerlei Papiere. Sie waren auch nicht in den Dateien der ungarischen Polizei registriert.

„Ich glaube nicht, dass sich unser großer Unbekannte registrierte Kriminelle für die Tat ausgesucht hat", meinte Gschwendtner, „viel zu riskant für ihn."

„Sie glauben, bei den beiden handelt es sich um die Täter in Lengenfeld", fragte der General.

„Ich bin mir ziemlich sicher. Zwei Morde mit dem gleichen seltenen Gift, das wären schon große Zufälle. Nur beweisen müssen wir es noch".

„Konnten Sie etwas über das Rizin in Ungarn herausfinden?", fragte Stranzl den General. Der schüttelte den Kopf und zog die Schultern hoch.

„Wir stellen es nicht im Land her. Es ist über keine Apotheke oder sonst wie legal zu beschaffen. Ob welches beim Militär lagert, konnten wir nicht herausfinden", und nach einigen Minuten des Schweigens „ich glaube nicht, dass das Gift aus Ungarn kam".

„Was sagen denn die Wohnungsnachbarn über die beiden. Seit wann wohnen die hier, hatten sie ein Auto?", das wollte der pragmatische Gschwendtner wissen.

„Also die Nachbarn sagten, die Wohnung gehörte den beiden nicht. Sie kennen den Eigentümer".

„Und wer ist das?"

„Eine Bank"

„Aha. Und wurde die Wohnung untervermietet?"

„Nein, die Bank wusste nichts von der illegalen Benutzung. Sie müssen mit einem Nachschlüssel eingedrungen sein. Die Bank lässt in der Wohnung normalerweise ausländische Geschäftsfreunde übernachten, wenn die hier in Budapest sind".

„Wielange wohnten die beiden schon hier?"

„Schwer zu sagen, die Nachbarn machen unterschiedliche Angaben. Wenn wir die längste Zeit nehmen, etwa zwei Monate".

„Sind die beiden irgendwie aufgefallen?"

„Nein, sie hatten offensichtlich die Wohnung selten verlassen. Zwei Wochen vor dem Auffinden muss eine ziemlich laute Fete in der Wohnung stattgefunden haben. Das war ungewöhnlich und fiel deshalb auf."

„Hatten sie ein Auto und wenn ja wo könnte das stehen?"

„Das wissen wir nicht genau. Wir lassen gerade prüfen, welcher Wagen im Umkreis von einem halben Kilometer längere Zeit unbewegt steht. Es gibt mehr als einen".

„Vielleicht können sie die Suche einschränken, wenn Sie sich auf einen dunklen Mittelklassewagen konzentrieren. Der wurde am Tatort in Lengenfeld gesehen", sagte Gschwendtner.

„Das hilft weiter".

„Wenn Sie ein verdächtiges Auto gefunden haben, lassen sie den Unterboden und die Radkästen auf Erde untersuchen. Damals sind sie nach der Explosion vom total verdreckten Tatort weggefahren. Wir haben Bodenproben genommen. Die können wir dann mit möglichen Spuren vergleichen".

Die Wohnung zeigte keine Spuren, die einen Hinweis auf die Taten in Lengenfeld geben würden. Das Gift war über eine Flasche Whisky verabreicht worden. Aber wie in Josefs Keller waren Flasche und Gläser sorgfältig abgewaschen worden. Als die Beamten am Lift standen, kam ein ungarischer Polizist keuchend aus dem unteren Stockwerk und erzählte:

„Zur fraglichen Tatzeit hielt ein Auto mit einem deutschen Kennzeichen vor der Tür. Ein jüngerer Mann sei hastig eingestiegen und weggefahren. Das Kennzeichen hatte sich der Zeuge nicht gemerkt".

Der Kreis schließt sich

Sie nahmen den letzten Zug. Bis dahin sollten die DNA-Werte der beiden Toten vorliegen, denn diese wollten die LKA-Beamten unbedingt mitnehmen. Die Zeit bis zur Abfahrt des Zuges verbrachten sie mit einem ungarischen Essen, nur ohne den General, denn dieser wollte sich um all die offenen Fragen kümmern. Er erschien eine halbe Stunde vor Abfahrt, etwas gestresst am Bahnhof. Schon von Weitem wedelte er mit einer Dokumentenmappe.

„Wir haben die DNA hier drinnen und das Auto haben wir auch. Ein dunkelblauer Audi 100. Er stand am Parkplatz, der zur Wohnung gehört. Die Fingerabdrücke stimmen und im Kofferraum sind Holzkisten transportiert worden. Die Spuren sind klar zu erkennen. Morgen, na sagen wir übermorgen, schicken wir Ihnen Material zum Vergleich mit der bei Ihnen sichergestellten Kiste. Außerdem sagt Chef von Labor, Dreckzusammensetzung folgt zwecks Vergleich mit österreichischem Dreck".

Stranzl und Gschwendtner staunten nicht schlecht über die schnelle Arbeit der ungarischen Kollegen. Im Zug grübelte jeder schweigend vor sich hin, bis Gschwendtner herausplatzte, als der Zug gerade über die ungarisch österreichische Grenze fuhr:

„Ich möchte wetten, wir haben unsere Täter."

„Da wäre ich mir nicht so sicher“, entgegnete Stranzl, „lass uns erst die Spuren auswerten“.

„Eh klar. Ich meine nur, mein Bauch sagt mir das, auch ohne Spuren. Und mein Bauch sagt mir noch etwas anderes“.

„Ich weiß, dass du zu viel Somloer Nockerl zum Dessert gegessen hast“.

„Das auch. Aber im Ernst: Die Goldbarren tauchen in Deutschland auf. Ein Auto mit deutschen Kennzeichen steht vor der Tür in Budapest. Wahrscheinlich kommt man in Deutschland auch besser an das verdammte Rizin heran. Der Taberney war in Deutschland, ehe er aus Europa verschwand, der einzige Ungar aus der SS-Truppe“.

Stranzl nickte und ergänzte: „Und immer war Köln im Spiel“.

„Genau und wer wohnt noch in Köln?“ Und nach einer Pause „Der Neffe vom Koarl!“

„Das glaub ich jetzt aber nicht“.

„Warum, weil der mit deiner Elvira verwandt ist?“

„Nein, weil der am Leichtesten an das Gold herangekommen wäre. Er hätte nur nach Lengenfeld ziehen müssen und in aller Seelenruhe den Schatz ausgraben.“

„Vielleicht wollte er gerade das nicht, damit man ihm nicht draufkommt. Das Gold ausbuddeln ist eine Sache, es zu Geld zu machen eine andere“.

„Jedenfalls werde ich mich morgen Früh mit Elvira unterhalten. Ich weiß nämlich nicht, wann ihr Onkel, der jüngere Sohn vom Koarl nach Deutschland verzogen ist“.

Aber am nächsten Morgen läutete Stranzls Handy noch, ehe er sich mit seiner Elvira am Frühstückstisch unterhalten konnte. Die Spurensicherung im LKA hatte die Fingerabdrücke der beiden toten Ungarn am Tatort in Längenfeld identifiziert. Es waren dort viele Fingerabdrücke gefunden worden und die ungarischen gehörten zu den nicht identifizierten. Und noch etwas teilte ihm der Leiter der Spurensicherung mit:

„Unser ungarischer Kontaktmann hat angerufen. Sie haben unter den Fingernägeln des einen Toten einige fremde Hautpartikel gefunden, winzig kleine, wie mein Kollege sagte, die ihnen bei der ersten Untersuchung durchgerutscht sind. Jetzt erstellen sie eine DNA und die schicken sie uns sofort".

Stranzl verließ seine Wohnung ohne Frühstück und eilte ins Amt. Dort wartete schon ein ungeduldiger Gschwendtner auf ihn und fragt sofort:

„Was hat Elvira gesagt, wann ihr Onkel nach Köln übersiedelt ist?"

„Ist das jetzt so wichtig? Ich hatte keine Zeit, sie zu fragen".

„Ja es ist wichtig!"

„Du glaubst noch immer, ihr Cousin ist der große Unbekannte?"

„Ja und du wirst sehen, ich habe recht. Je länger wir mit dem Zugriff warten, um so größer ist das Risiko, dass er abtaucht. Er muss damit rechnen, dass die ungarische Polizei die beiden Toten schon gefunden hat."

„Wenn du recht hast, dann brauchen wir erstens seine DNA und zweitens einen Plan, wie wir ihn nach Österreich locken, um ihn festzunehmen."

„Vielleicht brauchen wir ihn gar nicht herzulocken. Wenn wir eine Übereinstimmung mit den Spuren in Ungarn finden, dann können sowohl wir als auch die Ungarn einen europäischen Haftbefehl erwirken und dann müssen ihn die Kollegen in Köln festnehmen."

Stranzl dachte einen Augenblick nach, nickte ein paar Mal mit dem Kopf und griff dann zum Hörer und stellte auf Lautsprecher. Am anderen Ende meldete sich seine Frau:

„Hast du etwas vergessen bei deinem hastigen Aufbruch?"

„Ja, ich wollte noch etwas mit dir bereden", und nach einer Pause, „etwas Delikates".

„Hast du eine Freundin?"

Gschwendtner grinste seinen Kollegen frech an.

„Wie kommst du auf so was. Ich hab kein Verhältnis zu einer anderen Frau. Unverschämt mir so etwas zu unterstellen".

„Du benimmst dich aber schon so, als hättest du ein schlechtes Gewissen".

„Elvira, es ist was Ernstes. Es betrifft deine Familie."

Elvira schwieg.

„Bist du noch dran?"

„Ja. Was ist mit meiner Familie?"

„Also der Fritz ist aufgrund der uns vorliegenden Fakten überzeugt, dass dein Kölner Cousin der Mörder in unserem Fall ist."

Elvira reagiert sofort.

„Ihr beide ihr spinnt. So wie ich ihn kenne, ist der nie zu so vielen raffinierten Morden fähig. Er ist zwar geldgierig, aber ein Mord? Ich weiß nicht, ich traue ihm das nicht zu, oder habt ihr Beweise?"

Gschwendtner rief laut in Richtung Stranzl.

„Servus Elvira. Ich hab mitgehört".

„Servus Fritz", grüßte sie, ehe Gschwendtner fortfahren konnte.

„Sag Elvira, erinnerst du dich noch, wo dein Cousin bei seinen Besuchen in Lengenfeld übernachtet hat?"

„Ja. Im Haus vom Koarl. Warum?"

„Wir brauchen irgendetwas von ihm, um an seine DNA zu kommen. Wo genau hat er geschlafen?"

„Na im Gästezimmer".

„Wurde das danach geputzt oder von wem anderen benutzt?"

„Seither hat da niemand übernachtet. Und geputzt hat es die Milena. Allerdings wie gründlich weiß ich nicht".

„Wie sieht es mit dem Bad aus?"

„Da könntet ihr mehr Glück haben. Gegenüber liegt ein kleines Bad mit Dusche. Das wird von niemand verwendet. Das könnte der Cousin benutzt haben".

Eine Stunde später stellt die Spurensuche das Gästezimmer und das gegenüberliegende Bad auf den Kopf. Da beide Räume schon längere Zeit nicht mehr benutzt worden waren, lag überall viel Staub. Das Bett war offensichtlich nach der Benutzung neu überzogen worden. Im Kasten fanden sich auch keine brauchbaren Spuren. Auch das Bad war sauber. Nur hatte das polnische Faktotum offensichtlich den Abfalleimer übersehen. Zwar war der Deckel des Eimers sorgfältig gereinigt worden, aber der Eimer war nicht entleert worden. Im Müllsack lag eine gebrauchte Rasierklinge. Auf ihr fanden sich Fingerabdrücke und eingetrocknete Haarpartikel, die eine DNA-Analyse zu ließen.

Zwei lange Tage mussten die ungeduldigen LKA-Beamten warten, bis sowohl die Resultate aus Lengenfeld als auch aus Budapest vorlagen. Die gleiche DNA. Also musste derjenige, der im Gästezimmer in Lengenfeld übernachtet hatte und dessen Hautpartikel unter den Fingernägeln des Toten in Ungarn gefunden wurden ein und die selbe Person sein. Ein endgültiger Beweis, dass diese Person Elviras Cousin war, wurde damit juristisch noch nicht erbracht, aber es genügte für einen Haftbefehl. Nachdem Stranzl das Ergebnis dem ungarischen General gemailt hatte, versprach auch er, für einen entsprechenden Haftbefehl zu sorgen.

Am Abend herrschte beim Ehepaar Stranzl eine gedrückte Stimmung. Einen Mörder in der Familie eines Polizisten zu haben, war ungewöhnlich und alles andere als erfreulich. Bei einem ersten Glas Rotwein fragte Stranzl seine Elvira:

„Wie um alles in der Welt hat dein Cousin von dem vergrabenen Gold erfahren?“

„Das habe ich mir auch den ganzen Tag überlegt. Mein Onkel Georg war etwa zwanzig Jahre alt, als er nach Köln auswanderte. Wenn ich richtig gerechnet habe, muss das etwa 1958 gewesen sein. Entweder hat er hier oder in Köln Kontakt zu Sándor bekommen.“

„Oder dein Großvater hat ihm das Geheimnis verraten", erwiderte ihr Mann.

„Dann war er der einzige seiner Kinder, der es von ihm wusste. Koarl hat es per Zufall erfahren, meine Mutter war ahnungslos. Das glaube ich nicht."

„Du hast recht, denn die Information allein ohne die Lagepläne war wertlos. Dein Cousin muss die Pläne gekannt haben, sonst hätten seine ungarischen Helfer den Ort nie gefunden."

„Dann macht auch Sinn, dass mein Cousin die Weingärten dem Josef verkaufen wollte. Nur dann konnte er sicher sein, dass eine Verbindung zu ihm nicht herstellbar sein würde".

„Du kombinierst schon so gut wie ein Polizist. Er konnte ja nicht davon ausgehen, dass es so viele Pannen geben würde. Die Explosion, der Verletzte in Györ, ob er die Mittäter von Anfang an umbringen wollte, ist unklar, aber nicht sehr wahrscheinlich."

Nachdem Stranzl einen weiteren Schluck Rotwein getrunken hatte, fuhr er fort:

„Je länger ich über den Fall nachdenke. Wahrscheinlich hat Sándor dem Georg die Pläne verkauft und mit dem Geld seine Reise nach Singapore bezahlt."

Köln

Als die Polizei in Köln die Haftbefehle aus Ungarn und Österreich vollstrecken wollte, fand sie unter der Meldeadresse des Cousins eine leere und penibel gereinigte Wohnung vor. Der Cousin und sein Auto waren verschwunden. Verschwunden blieb auch die restlichen Goldbarren. Die endgültige Aufklärung des Falles mit einem Geständnis des Neffen musste warten.

Geblieben sind die Haftbefehle, zwei offene Akten, eine in St. Pölten und eine in Budapest und die persönliche Freundschaft zwischen zwei LKA-Beamten und einem ungarischen Polizeigeneral.

Nebenbei: Josefs jüngerem Sohn gelang zwei Jahre später ein prämierter Rotwein aus den Trauben von jenem Weingarten, in dem sein Bruder so tragisch gestorben war.

Gerhard Appelshäuser
Thriller
DER TOTE
auf
BahN 4
AAVAA

Gerhard Appelshäuser
Der Maler
der zweimal starb
Kriminalroman
AAVAA
VERLAG

Das Geheimnis
der Mozartova Nr. 4
Roman
Gerhard Appelshäuser
AAVAA

Fast alle im AAVAA Verlag erschienenen Bücher sind in den Formaten Taschenbuch und Taschenbuch mit extra großer Schrift sowie als eBook erhältlich.

Bestellen Sie bequem und deutschlandweit versandkostenfrei über unsere Website:

www.aavaa.de

Wir freuen uns auf Ihren Besuch und informieren Sie gern über unser ständig wachsendes Sortiment.